Do it now!

2024. 2

나까지 나를
포기할 수는
없으니까

나까지 나를 포기할 수는 없으니까

강영서 에세이

두려워도, 그냥, 용기!

문학동네

나만의 역사를 써내려갈 용기

매년 5월이면 대한스키협회 산하 모든 스키 국가대표가 한자리에 모여 합동 교육을 듣는다. 새로이 선발된 국가대표들끼리 서로 얼굴을 익히고 공식 훈련의 시작을 알리는 연례행사다. 보통 사흘 정도 진행되는 이 교육에는 필수 항목인 스포츠 인권 및 도핑부터 마케팅, 프로필사진 촬영 등 여러 가지 프로그램이 포함된다. 대한민국 국가대표로서 품위를 손상시키지 않겠다는 서약서에 사인하고, 그해 내가 목표한 성적을 내기 위해 최선을 다하겠다는 다짐을 한다. 그렇게 우리나라 스키 국가대표의 한 해가 시작된다.

이 자리에서 간단한 인적 사항을 적는 종이를 받았다. 취미와 특기를 적는 칸도 있었다. 취미를 물으면 항상 운동이라 대답해왔지만 스키가 업이 되고부터는 같은 대답을 할 수 없게 됐다. 평일 내내 꽉 차 있는 훈련 일정을 소화하고 나면 남은 주말엔 모든 것을 내려놓고 숨만 쉬고 싶은 상태가 되니까. 뭐라고 적을지 고민하다보면 떠오르는 단어들. 독서, 영화,

음악감상…… 결국 나는 영화를 쓰곤 했다. 독서라고 쓰기엔 내가 그만큼 책을 자주 읽는 것 같지도 않고 딱히 내가 좋아하는 곡들만 모아둔 플레이리스트도 없지만, 적어도 좋아하는 영화 제목 하나 정도는 댈 수 있었으니. '남이 가지지 못한 특별한 기술이나 기능'은 떠오르는 게 스키밖에 없어 특기란은 결국 빈칸으로 제출했다.

스물여섯이 될 때까지 이렇다 할 취미도 내세울 만한 특기도 없이 오직 스키만 바라보며 살아왔다. 그 시간을 어떻게 견뎠는지 돌이켜보면 내 곁에는 항상 글쓰기가 있었다. 중학교에 진학한 후부터 하루를 돌아보는 의식이 필요하다고 느꼈고, 그렇게 일기를 쓰다보니 글쓰기가 10년 이상 꾸준히 해온 유일한 일이 되었다. 세계대회에 출전해 내가 한없이 작게 느껴지던 날의 끝에도 어김없이 책상 앞에 앉았다. 그날 있었던 일들을 적으며 마음의 짐들을 쏟아냈고 나 자신을 위로했다. 힘든 하루였을지라도 글을 쓰고 하루를 마무리하면 적어도 이렇게 애쓰고 있으니 괜찮다고 나에게 말해줄 수 있었다. 오전 오후 내내 훈련을 하고 숙소로 돌아와 개운하게 씻고 일기를 쓰면 하루를 알차게 보냈다는 생각에 마음이 뿌듯해지곤 했다.

나만의 역사를 써내려갈 용기

『나까지 나를 포기할 수는 없으니까』는 내가 꿈을 포기하지 않기 위해 애써왔던 순간들의 기록이다. 더 나은 사람, 더 나은 선수가 되기 위해 노력한 순간들이 어느새 일기장에 수북이 쌓여 한 권의 책으로 묶였다.

그 과정에서 내가 꼭 붙들고 놓지 않은 세 단어가 있다. 두려워도, 그냥, 용기. 국가대표 9년 동안 세 번의 올림픽에 출전하고 셀 수 없이 많은 국내외 경기를 뛰면서, 부상에 대한 두려움, 결과에 대한 두려움, 다른 사람들의 평가에 대한 두려움 등 수많은 두려움을 만났다. 무엇보다도 가장 두려웠던 건 먼 훗날 이 여정을 돌아봤을 때 최선을 다하지 못한 내 모습을 마주하는 일이었다. 그래서 숨이 턱 끝까지 차오를 정도로 힘든 훈련을 소화하고, 온몸이 얼어붙을 듯한 추위 속에서 경쟁하고, 먼 타지에서 외로운 순간들을 견뎠다. 그 과정에서 '그냥' 하는 마음이 나를 앞으로 나아가게 했다.

어린 시절부터 품어온 최고의 스키 선수가 되겠다는 꿈은, 열악한 환경을 헤치고 나아가는 용기를 스스로 확인하고 싶었기 때문인지도 모르겠다. 지기 싫어서, 혹은 누군가에게 내 가치를 증명하기 위해서가 아닌, 나 자신을 믿고 인내하고 극복하며 나만의 역사를 써내려갈 용기 말이다. 다른 누구도 아닌 내가 나를 일으켜세울 때 힘든 과정도 즐거울 수 있는 것 아닐까.

"국가대표 스키 선수로서 더 살고 싶은가?" 2022 베이징동계올림픽 직후, 두번째 무릎 수술을 받고 병실에 누워 스스로에게 한 질문이다. 정신없이 보내온 시간을 돌이켜보니 온통 땀 흘린 기억뿐이지만 후회 없이 정말 열심히 살았다. 이 책이 나올 때쯤 나는 여전히 국가대표 스키 선수일 수도, 새로운 선택을 했을 수도 있다. 어쩌면 이 책이 그 결정을 바꿔놓을지도 모르겠다. 하지만 한 가지 확실한 건 내가 정말 원하는 길을 선택했으리라는 것이다.

그때의 영서야, 건투를 빈다.

2장

슬립 - 잘 넘어지고 잘 일어서기

3장

인스펙션 - 내 인생을 미리 답사할 수 있다면

1장

점프 스타트

꿈을 향해 힘차게 출발

점프 스타트
스키장에서 구두로 전해지는 선수들의 용어로,
스타트시 빠르게 가속도를 붙이기 위해 힘차게 출발하는 것.

눈이 거의 오지 않는 동네

나는 1997년 7월 부산에서 1남 1녀 중 막내로 태어났다. 다들 알다시피 부산은 눈이 거의 오지 않는 동네다. 1년 내내 한 번도 오지 않을 때도 있고 설사 눈이 오더라도 바로 녹아서 사라지기 일쑤다. 내 기억에도 우리 동네에서 눈을 본 적은 거의 없다. 스키 선수가 되고 나서는 겨울마다 집에 없었으니 그 겨울들 중 몇 번은 눈이 내린 적도 있으려나.

　　여하튼 사정이 이렇다보니 스키 선수라고 소개하고 본가가 부산이라고 밝히면 십중팔구, 아니 십중십(?)으로 듣는 말이 있다. "어떻게 부산에서 스키를 시작하셨어요?" 그때마다 나는 "하하, 그러게요"라고 멋쩍은 웃음을 지으며 아빠 이야기를 꺼냈다. "아빠가 스키를 좋아하셔서 어릴 때부터 자주 타러 다녔어요." 그럼 다음 질문은 보통 '부산은 눈이 없는데 어디에 있는 스키장을 다녔는지' '스키는 언제부터 시작했는지'로 이어지곤 했다. 이런 식의 대화를 자주 나누다보니 한번은 정확히 언제 처음 스키를 신었는지 궁금해져 앨범들을 뒤져봤다. 플라스틱 장난감 스키를 신고 전라도 무주리조트에서 있는 나. 생후 29개월 무렵이었다. 스키 타기에는 너무 어리지 않냐고? 아빠 말에 따르면 나는 엄마 배 속에 있을 때부터 스키를 탔단다. 내가 갓난아이일 때는 두 분이 번갈아 나를 돌보며 스키를 타셨다고 하니, 이 정도면 내가 아니라 부모님이 선수를 하셨어야 되지 않나 싶기도.

이처럼 부모님의 극진한 스키 사랑으로, 겨울이 되면 주말마다 온 가족이 스키를 타러 갔다. 당시 부산에서 무주리조트까지는 약 세 시간이 걸렸는데 토요일 오전 땡스키(리프트 오픈 시간이 되자마자 스키를 타는 것)를 위해서는 새벽 4시 30분쯤 집을 나서야 했다. 나는 매번 일찍 일어나는 것이 힘들어 투덜대면서도 결국은 눈을 비비며 자동차에 올랐다.

하여 나의 유년 시절은 스키장에서의 추억들로 가득하다. 당시 유행하던 동물 잠옷을 스키복 위에 입고 눈밭을 누빈 일, 설원 위에서 헉헉대며 벌러덩 드러누울 때까지 아빠와 치열하게 했던 술래잡기 놀이, 지나가는 사람들마다 어린 나를 귀여워해주고 부모님도 그곳에서만큼은 짓궂은 장난에도 나를 나무라지 않았던 것까지. 스키장을 떠올리면 사랑받았던 기억뿐이다.

사실 나는 어렸을 때부터 소문난 말괄량이였다. 오죽하면 집 근처 치킨집 주인아주머니가 "이 동네에서 영서를 모르면 간첩"이라고 했을까. 혼자 걷기 시작하면서부터 본격적으로 발휘된 나의 악동 기질은 엄마의 심장을 여러 번 덜컹대게 했다. 냄비를 뒤집어쓴 채 '꼬마 펭귄 핑구' 흉내를 내다가 거실 탁자 위 TV를 밀어 부서뜨린 것은 기본이고, 초등학교 2학년 때는 학교 계단 난간을 미끄럼틀처럼 타고 내려오다 떨어진 바람에 눈을 떠보니 병원인 적도 있었다. 정말 삼신할머니가 계신다면 나를 많이 아끼신 모양이다. 그렇지 않고서야 어떻게 지금까지 이리 멀쩡하게 잘 지내고 있단 말인가!

어려서부터 무척이나 활동적이었던 나는 야무지게 갈래머리를 하고 여기저기 잘도 쏘다녔다. 코흘리개 시절부터 내 손에는 주로 야구방망이 아니면 축구공이 들려 있었다. 집에 제때 안 들어오는 나를 찾으러 다니기 바빴다는 엄마는 늘 학교 운동장을 첫번째로 가봤다고 한다. 그럼 운동장 어디선가 야구방망이를 휘두르고 있는 내가 보였다나.

엄마의 근심에는 오빠도 한몫했다. 대표적인 일화는 오빠가 유치원생일 때 아파트 7층인 우리집 창밖으로 부모님의 결혼 예물 시계, 반지 등등을 집어던진 일이다. 뒤늦게 오빠의 만행을 알아차린 엄마는 곧장 뛰어내려갔지만 대부분은 찾지 못했고, 그나마 찾은 물건들도 이미 산산이 조각난 상태였다. 무참히 박살나버린 시계를 발견한 엄마의 심정은 어땠을까. 그 표정을 상상하며 낄낄대는 다 큰 철부지 남매. 우리를 보며 어이없는 웃음을 짓던 엄마는 말씀하셨다.

"딱 느그 같은 아들딸만 낳아 키워보그라."

스키장을 제집처럼 드나들던 어느 날, 정확히는 초등학교 3학년 때의 일이다. 무주에서 부산광역시 스키 대회가 열렸다. 매주 방문하는 스키장에서 내가 사는 도시의 주최로 대회가 열린다니 한번 나가볼까 하는 마음이 들었다. 그리고 며칠 후, 나는 스타트라인에 서 있었다. 출발신호가 울리자마자 냅다 달리기 시작했다. 정신없이 내려가다보니 어느새 도착한 피니시라인. 약간의 기대를 품은 채 스키를 벗고 기록판이 있는 곳으로 걸어갔다.

결과는 DSQ 1. 이는 'Disqualified 1st Run'의 약자로 완주는 했으나 실격이라는 의미다. 나는 왜 실격된 건지 영문도 모른 채 멀뚱히 서서 아빠를 기다렸다. 그리고 뒤늦게 알게 되었다. 대회에는 룰이 있다는 것을. 기문(코스 설정을 위해 세우는 깃발)을 지그재그로 꽂아놓으면 그 사이를 통과하며 가야 하는데, 나는 고삐 풀린 망아지처럼 코스 정중앙을 가로지르며 직활강해버린 것이다.

알파인스키. 기문과 기문 사이를 지그재그로 통과하며 스타트라인에서 피니시라인까지 가장 빠르게 내려온 사람이 승리하는 스포츠. 원래는 1차전과 2차전을 합산해 결과를 산출하지만 한국에서 초등학생 대회는 1차전만으로 마무리된다. 중등부 이상 대회도 세부 종목과 규모에 따라 룰이 조금씩 다르다. 일단 국내 대회와 국제 대회의 룰이 다르고 코스도 대회별로 제각각이다.

기문을 세팅하는 기준 역시 코스의 규격에 의해 결정된다. 그 기준 내에서 그날의 코스 세터course setter가 재량껏 기문을 꽂는다. 1차전과 2차전의 세터가 다르기에 1, 2차전의 기문 세팅 역시 달라질 수밖에 없다. 그 밖에도 날씨와 눈의 상태에 따라 그날 대회 조건이 완전히 달라진다. 그래서 알파인스키는 세계대회에서 다관왕의 타이틀은 가질 수 있지만 공식적인 세계신기록은 존재할 수 없다.

이튿날, 나는 아빠와 함께 무주 스키 레이싱 팀을 따라 인스펙션inspection(코스 답사)을 진행했다. 그리고 다시 한번 스타트라인에 서서 힘차게 출발했다. 이번엔 다행히 기문들을 하나하나 제대로 통과하며 내려온 모양이다. 결과는 초등학교 3~4학년부 1위. 비록 소수만 출전한 대회였지만 내 생애 처음으로 1위를 해본 역사적인 날이었다. 이날 나는 시상식 단상 제일 높은 곳에 올라가 메달이라는 것을, 그것도 금메달을 목에 걸었다. 그리고 이날을 계기로 이듬해인 2008년 1월, 무주 스키 레이싱 팀에 들어가게 되었다. 이것이 내 스키 선수 인생의 시작이었다.

돌이켜보면 눈이 거의 오지 않는 부산에서 태어나 스키를 시작한 것도, 한국에서 거의 알려지지 않은 알파인스키를 선택한 것도, 모두 거창한 포부가 있어서는 아니었다. 그냥 어쩌다보니 자연스럽게 하게 된 것뿐. 사실 우리가 살면서 하는 모든 일의 시작에 명확한 근거나 이유, 구체적인 목표가 있어야 하는 건 아닐지도 모른다. 중요한 것은 왜 시작했느냐보다 어떻게 해나갔느냐가 아닐까. 내가 스키를 시작한 이유가 '어쩌다보니'였어도 그후 저절로 이뤄진 일은 아무것도 없었던 것처럼.

스키 타는 순간만큼은

운동선수의 삶을 살다보면 피해 갈 수 없는 몇 가지 편견이 있다. 그중 대표적인 편견은 공부하지 않는다는 것. 내가 다닌 중학교에서는 수학과 영어를 수준별로 수업했다. 학생들을 성적에 따라 상중하로 구분해 반을 나눈 것이다. 3월에 치러진 시합을 다 뛰고 조금 늦게 학교에 가니 나는 이미 하반에 배정돼 있었다. 늦었더라도 시험을 치른 뒤 성적에 따라 반을 정해야 했을 텐데 선생님은 아마도 운동하는 학생은 공부를 등한시하리라 생각하신 모양이다.

나는 그런 편견이 싫어서 깨고 싶었다. 그후 겨울 시즌을 마치고 학교로 돌아오면 항상 친구들의 교과서를 빌려 그간 놓친 수업들의 필기를 베껴썼다. 스키 타러 가기 전에는 선행학습에 힘썼고 돌아온 후에는 뒤처진 수업 진도를 따라가고자 애썼다. 여느 친구들처럼 학원도 다니고 독서실에서 밤늦게까지 시험공부도 한 덕분에 중학교 2학년까지는 나름 괜찮은 성적을 유지할 수 있었다. 하지만 3학년이 되자 상황이 달라졌다. 선행학습을 할 수 있는 범위는 점점 줄어들었고 뒤늦게 따라가기에는 공부의 양이 너무 많아졌다. 중학교 3학년도 이렇게 벅찬데 고등학교에 가면 더욱 힘들 거라는 위기감을 느꼈다. 이대로는 스키와 공부를 모두 놓칠 것 같았다.

열여섯 살, 선택의 기로에 놓였다. 공부를 할 것인가 스키를 탈 것인가. 둘 다 놓치고 싶지 않았지만 둘 다 잘해낼 자신도 없었다. 이렇게나 중요한 결정을 스스로 내려야 한다니, 나의 미래가 달린 선택 앞에서 처음으로 삶에 대한 책임감과 마주했다.

하지만 고민의 시간은 그리 길지 않았다. 사실 공부는 시험을 망치고 싶지 않은 마음과 편견에 지고 싶지 않다는 바람 때문에 했었다. 하지만 스키는 달랐다. 내가 좋아하는 것이었다. 무엇보다 올림픽에 출전한 선수들을 볼 때면 가슴이 뛰었다. 눈에 불을 켜고 집중하는 모습, 반드시 해내고야 말겠다는 의지로 땀 흘리는 모습, 그리고 마침내 시상대에 올라서서 태극기를 바라보며 애국가를 듣는 모습이 정말 멋있었다.

공부는 나보다 잘하는 친구들이 많으니 내가 특별하다는 느낌을 받을 수 없었다. 하지만 스키를 탈 때면 나 자신이 특별하게 느껴졌다. 아니 분명 특별한 사람이었다. 그러니 스키를 선택할 수밖에. 다만 결심을 주저하게 만드는 한 가지 걸림돌이 있었으니, 바로 내 종목이 스키라는 사실이었다.

2010년 2월, 나는 그해 열린 제91회 전국동계체육대회 여자 초등부에서 네 개의 금메달을 목에 걸었다. 동계스포츠 불모지인 부산에서 따낸 알파인스키 종목 최초의 금메달이었다. "스키 재목 강영서, 부산 스키의 미래 책임진다"라는 내용의 기사가 나오기도 하고 주변에서는 유망주라며 많은 축하를 해줬다. 그때 부산 선수단이 따낸 금메달의 개수가 일곱 개였으니 내가 거둔 성적에 다들 놀랄 만도 했다.

전국동계체육대회에서 처음 금메달을 목에 걸었던 그해의 나는 그저 스키를 신고 빠르게 달리는 것이 재밌었고, 스키장에서 보내는 시간과 시끌벅적한 합숙소가 좋았다. 그런만큼 더 잘하고 싶었고 열심히 배웠다. 하지만 2010년 2월은 캐나다 밴쿠버에서 동계올림픽이 열린 해이기도 했다. 김연아 선수가 한국 피겨스케이팅 역사상 최초로 금메달을 따냈고 스피드스케이팅과 쇼트트랙에서도 연달아 금메달이 나왔다. 모두 빙상 종목이었다. 내가 스키 유망주로 주목받던 그해, 아이러니하게도 한국에서 스키가 지닌 위상을 깨달았다고나 할까.

동계스포츠에 대한 사람들의 관심은 대부분 빙상 종

목에 쏠려 있었다. 설상 종목은 상대적으로 더 열악한 환경이었다. 내가 스키를 좋아하고 잘하는 건 맞지만, 과연 올림픽에서 메달을 딸 수 있을까? 지금이라도 다른 종목으로 바꿔야 하나? 바꾼다고 잘할 수 있을까? 시간이 갈수록 고민이 깊어졌다. 문과 과목을 더 잘하고 좋아하지만 상대적으로 이과가 취업에 유리할 것 같아 고민에 빠졌던 내 친구들처럼.

　　시간은 빠르게 흘러갔고 어느덧 중학교 졸업을 앞두게 되었다. 결단을 내려야 하는 순간. 결국 나의 선택은 스키였다. 이유는 단순했다. 스키만큼 재미있는 것도, 좋아하는 것도, 그리고 잘하는 것도 없었다. 그러니 어쩌겠나. 조금 다르게 생각해보는 수밖에. 나는 한국이 스키 불모지라는 현실을 오히려 기회로 삼아보기로 했다. 최초가 될 기회라고 말이다. 이제 남은 것은 내 선택을 후회하지 않도록 노력하고 나아가는 일뿐이었다.

첫 여름 전지훈련

스키의 주요 무대는 유럽이다. 이는 환경적 요인이 가장 크다. 유럽은 보통 두세 시간만 이동하면 스키를 탈 수 있는 만년설이나 실내 스키장이 존재한다. 하지만 한국 선수, 특히 국가대표가 아닌 학생 선수는 주로 여름방학을 이용해 전지훈련을 다녀야 한다. 언제든 훈련할 수 있는 유럽 선수와 비교하면 불리한 조건에서 시작하는 셈이다. 게다가 한 번 훈련 나갈 때 드는 시간과 비용도 상당하다. 부산에 사는 나의 경우 유럽으로 훈련을 나가려면 집에서 버스터미널까지 한 시간, 터미널에서 인천국제공항까지 다섯 시간, 인천에서 유럽까지 열 시간, 거기에 환승까지 하면 최소 두 시간이 더해져 이동하는 데만 하루 이상 소요됐다. 이게 끝이 아니다. 목적지에 도착해 짐을 찾고 나면 또 차를 타고 스키장까지 이동해야 한다.

이렇게 어렵게 나간 훈련인 만큼 최대한 오래 머물면서 스키를 많이 타는 것이 당연지사. 보통 짧게는 4~5주, 길게는 2개월가량 머물곤 했다. 하지만 타국에서, 그것도 고산지대에서 오래 생활하다보면 시간이 흐를수록 몸이 지쳐갔다. 그런 만큼 훈련의 효율도 점점 떨어졌다. 그럼에도 어떻게든 최선을 다해야 했다. 뽕을 뽑아야 하니까.

중학교 3학년, 확고한 꿈을 품은 뒤로 부모님께 스키를 타는 시간이 더 필요하다고 말씀드려 처음으로 여름 전지훈련을 떠났다. 장소는 프랑스 티뉴Tignes였다. 청소년 국가대표로 2주 정도의 지원을 받고 거기에 사비를 보태 2개월 정도 머물렀는데, 당시 나의 하루는 대략 이러했다.

오전 5시 30분쯤 기상해 간단하게 아침을 먹고, 씻고 몸을 푼다. 그리고 스키복으로 갈아입은 뒤 장비를 챙겨 푸니쿨라Funicular 시간에 맞춰 숙소를 나선다. 푸니쿨라는 산에 터널을 뚫어 스키장으로 올라갈 수 있도록 만들어놓은 일종의 기차다. 유럽 만년설은 대개 해발 3000미터 이상에 있기 때문에 푸니쿨라나 케이블카를 타고 올라가야 한다. 전쟁은 여기서부터 시작된다.

당시 6시 45분 첫차를 타려면 모두가 서둘러야 했다. 만년설이라 해도 여름에는 오전 10시만 되면 눈이 녹기 시작했는데, 금세 슬러시처럼 녹아내리는 눈 위에서의 훈련은 그야말로 고역이었다. 슬러시 눈으로 스키가 푹푹 빠져버려 턴을 할 때면 평소보다 배로 힘이 들어갔다. 육상선수들이 모래사장에서 달리는 것과 비슷하다. 이에 각국의 코치와 선수들은 최대한 빨리 올라가기 위해 사투를 벌일 수밖에 없었다.

　　　푸니쿨라의 배차 간격은 보통 15~30분이고 탑승 인원이 한정적이라서 미리 줄을 서지 않으면 원하는 시간대의 기차를 놓칠 수 있었다. 문제는 첫차를 제때 타려는 선수들 간의 눈치 싸움이 매일 반복되다보니 대기시간이 점점 당겨졌다는 것. 6시 30분이 20분이 되고, 10분이 되고, 결국은 선수들이 일어나자마자 옷만 갈아입고 나와 줄부터 서는 지경에 이르렀다. 입구에 앉아 샌드위치로 아침을 해결하고 몸을 푸는 선수들의 모습은, 뭐라고 할까, 지옥철의 스키 선수 버전이라고 하면 적절할까.

　　　첫 전투가 끝나면 이제부터 진짜 훈련이 시작된다. 훈련 코스는 대부분 사전에 정해진다. 어느 나라의 무슨 팀이 몇 번 라인에서 훈련할지를 스키장에서 알려주는데, 스키 강대국일수록, 잘 타는 선수들의 팀일수록 좋은 라인을 배정받았다. 어차피 코스가 미리 정해져 있는데 굳이 첫차를 타기 위해 애쓸 필요가 있었느냐고? 눈이 녹기 전에만 올라가면 되는 거 아니냐고? 제발 나도 그랬으면 좋겠다.

스키장은 대체로 넓기 때문에 높이별, 위치별로 여러 코스들이 존재한다. 각 코스에는 라인들이 정해져 있는데 누가 먼저 어떻게 기문을 세팅하느냐에 따라 훈련의 과정과 결과가 달라질 수 있다. 1~10번 라인 중 3번 라인을 배정받을 경우를 예로 들어보자. 가장자리인 1번과 10번 라인의 팀은 자칫하면 코스 밖으로 이탈해 부상을 입을 수 있고, 만약 가장자리가 절벽이라면 정말로 위험한 상황이 벌어질 수도 있다. 그렇기에 1번과 10번 라인의 팀은 최대한 안쪽으로 기문을 세팅하려 한다. 한편 3번 라인을 배정받은 우리 팀은 2번이나 4번 라인 팀에서 먼저 세팅을 시작하면 그 사이에서 샌드위치처럼 끼어 남는 공간에서 훈련해야 한다. 어떤 스타일의 기문 배치로 선수들을 훈련시킬지에 대한 코치님들의 계획이 공간에 의해 영향을 받는 것이다. 이러한 이유로 유럽에서의 하루는 눈을 뜨자마자 치열하게 전개될 수밖에 없었다.

어디 이뿐이랴. 들고 다녀야 하는 장비들도 여간 많은 것이 아니었다. 짐을 최소한으로 챙기더라도 부츠와 헬멧, 고글, 마스크, 장갑, 보호대 두세 가지, 마실 것과 간식 등이 들어간 부츠 가방을 메고 한 손에는 스키를, 다른 한 손에는 여분의 스키나 폴을 들고 다녀야 했다. 이렇게 최소 15킬로그램가량의 장비를 짊어진 채 지옥철을 겪어내고 3000미터 고지에 도착하면 스키를 신기도 전에 진이 다 빠져버렸다.

하지만 정신을 바짝 차려야 한다. 우리가 여기에 온 이유는 스키를 잘 타기 위해서니까.

장비를 착용하고 스키를 신고 훈련 코스로 이동하면 코치님들이 기문을 세팅하고 있는 것이 보인다. 나는 웜업으로 프리 스키를 탄 뒤 기문 세팅이 완료되는 대로 인스펙션을 진행했다. 전날 밤 공부한 내용을 참고해 오늘 시도해볼 기술들을 정리하고 머릿속으로 기문을 타면서 정상으로 올라갔다. 그러면 8시쯤. 괜찮은 환경에서 훈련할 수 있는 건 두 시간 남짓이었다. 한 번 탈 때 보통 30초에서 1분 정도 걸리지만 티바T-bar(T자 모양으로 생긴 이동 수단, 최대 두 명이 엉덩이에 티바를 걸치고 서서 올라간다) 줄을 기다리고 올라가는 시간, 반복된 훈련으로 엉망이 된 눈을 정비하고 부러지거나 뽑힌 기문을 수정하는 시간까지 고려하면 두 시간은 결코 넉넉한 시간이 아니었다. 한국에서, 그것도 부산에서 유럽 알프스 산꼭대기까지 왔는데 고작 두 시간밖에 훈련할 수 없다니. 아무리 많이 훈련해도 스키를 탈 수 있는 횟수는 여덟 번에서 열 번 정도였으니 한 번 한 번이 소중해 매 런마다 초집중할 수밖에 없었다. 이전 런에서 무엇이 부족했는지 다음 런에서 무엇을 시도할 것인지 만을 생각하며.

그렇게 열심히 훈련을 마치고 숙소로 돌아오면 온몸에 기운이 없고 스키장에 혼을 쏙 빼놓고 온 것 같은, 그야말로 기진맥진한 상태가 되었다. 그런 우리를 위해 코치님과 감독님들이 직접 음식을 만들어주셨는데, 시장이 반찬이라고 대용량으로 끓인 국 하나에 김치와 김 같은 반찬 한두 가지만 있어도 밥은 꿀맛이었다(라고 말해야만 할 것 같은 이 기분). 선수들은 설거지를 담당했다. 대체로 두 명씩 돌아가면서 맡았지만 가끔 재미를 위해 카드게임이나 제로, 눈치게임, 가위바위보 등을 통해 한 명에게 몰아주기도 했다. 걸리기라도 하는 날엔 끝장이었다. 여기서 지면 그날 하루의 휴식시간은 없는 셈 쳐야 했으니. 열댓 명이 쓴 그릇을 혼자 감당하기 싫었던 선수들 모두가 시합이라도 하듯 게임에 최선을 다할 때면 알 수 있었다. 스키장에 두고 온 혼이 돌아왔음을.

점심식사 후에는 다들 스키를 정비했다. 여름의 만년설은 눈이 녹았다 얼었다 하기에 사실은 딱딱한 얼음이라고 할 수 있다. 선수들이 기문을 타고 내려갈 때 원하는 턴을 만들어내기 위해서는 얼음에 스키가 밀리지 않아야 한다. 요리 장인이 칼갈이에 신경쓰는 것처럼 스키 선수들도 스키 에지edge를 항상 날카롭게 유지하고자 정비에 힘을 쏟는다. 이렇게 정비까지 마치고 나면 보통 2시가 조금 넘은 시간. 4시쯤 시작

되는 오후 운동 전 한 시간가량이 휴식을 취할 수 있는 유일한 시간이었다.

시간을 알차게 보내고 싶었던 나는 이 휴식시간에 영어 단어장을 펼쳤다. 본격적으로 스키 선수의 길을 걷겠다고 마음먹은 후 처음 온 전지훈련이기도 했고, 부모님과 나 자신에게 약속한 바가 있었기 때문이다. 프랑스로 오기 전 나는 일명 학업 포기 선언과 함께 영어 공부를 다짐했다.

"엄마, 아빠. 나는 스키가 하고 싶어. 근데 스키 선수로 성공하려면 외국으로 전지훈련도 자주 나가야 하고 운동도 더 많이 해야 해서 공부까지 할 수는 없을 것 같아. 단 영어는 스키에도 필요하고 계속 공부할 수 있는 과목이니까 놓지 않을게."

당돌한 녀석 같으니라고…… 부모님 앞에서는 자신만만하게 약속했지만 막상 해보니 결코 쉬운 일이 아니었다. 스키를 타고 돌아오면 피곤해서 단어장을 들자마자 곯아떨어지는 날이 부지기수였고, 자기 전 책이라도 읽어보려 펼쳤다가 두 장도 채 못 읽고 잠드는 날이 허다했다. 하지만 아무리 피곤해도 스키장에서의 훈련이 마음에 들지 않는 날만큼은 반드시 목표한 개수의 단어를 외우거나 독서를 한 뒤에 잠자리에 들었다.

외국으로 훈련하러 가면 온종일 스키에만 정신을 집중

한다. 그런데 그 시간을 망쳤다고 느껴지는 날들이 있다. 힘들어서 제대로 집중하지 못했거나 아니면 정말 노력했는데도 스키가 잘 안 돼서 그냥 다 때려치우고 싶은 날들. 그런 날에 찾아오는 허무하고 무기력한 감정들은 나를 한없이 작아지게 만들었다. 그래서 책을 읽거나 단어라도 외워야 했다. 뭐라도 했다는 위안으로 죄책감과 자괴감을 조금은 밀어낼 수 있도록.

하지만 뭐니 뭐니 해도 기분전환에는 운동이 가장 좋다. 우리 숙소 근처에 아름다운 호수가 하나 있었는데 여러 액티비티 시설과 바비큐 파티장이 있는 작은 마을을 낀 꽤 큰 호수였다. 이 호숫가를 뛸 때면 괜스레 마음이 몽글몽글해졌다. 이 글을 보고 있는 스키 선수 중 누군가는 '몽글은 무슨. 더럽게 힘들지'라고 할 수도 있겠다. 여긴 해발 약 2000미터로 조금만 뛰어도 숨이 금방 차오르고, 자칫 잘못하면 고산병에 걸릴 수도 있는 곳이니 말이다. 하지만 달려본 사람들은 알 것이다. 에메랄드빛 호수와 파란 하늘, 쨍한 햇빛, 저멀리 눈 덮인 산꼭대기 밑으로 펼쳐진 초록 풍경들, 거기다 좋아하는 노래까지 살짝 곁들여주면 온몸이 가득 채워지는 기분을 느낄 수 있다는 것을.

처음 유럽으로 여름 전지훈련을 떠났을 때, 내게는 열정이 흘러넘쳤다. 신기한 것들도 많았지만 무엇보다 스키를 잘하고 싶은 마음이 간절했다. 그래서 매일매일 해가 뜨기만을 기다렸고 하루가 가는 게 아까워 한 번이라도 더 스키를 타려고 애썼다. 무엇보다 내가 노력하는 만큼 발전해가는 것이 재미있었다.

그만큼 힘들기도 했다. 해냈을 때 따라오는 성취감만큼 해내지 못했을 때 느끼는 좌절감 또한 컸기에. 아침이 기다려진다고 침대에서 벗어나기 쉬운 게 아니었고 아무리 집중해도 완주조차 못 하는 날도 있었다. 특히 나의 부주의로 부상을 입거나 감기에 걸려 앓아누운 날엔 아무것도 못 하고 하루를 날린 듯한 기분에 괴롭기 그지없었다. 가족들이 곁에 없다는 사실에 문득 서러움이 밀려오기도 했다. '이제 시작인데, 앞으로 더 험난한 길이 기다리고 있을 텐데, 내가 이 생활을 감당할 수 있을까' 하고 의심하는 나 자신에게 실망도 했다.

그럼에도 그때를 떠올리면 피식 웃음이 난다. 아마도 좋은 기억들이 더 많아서겠지. 그중에서도 한 가지 기억이 특히 선명하다. 날씨가 유난히도 좋았던 어느 날, 다 같이 힘들게 등산을 하고 있는데 먼저 올라간 사람들이 웅성대는 소리가 들려왔다. 정상에 도착해서 발견한 것은 바로 에델바이스. 주로 알프스산맥 등지의 고산지대에서 나는 꽃으로, 독일어로

첫 여름 전지훈련

'고귀한 흰빛'을 뜻한다고 한다. 그리고 에델바이스의 꽃말은 소중한 추억이다. 생각해본다. 내 생애 첫 여름 전지훈련의 기억들에 웃을 수 있는 이유가 무엇인지. 아마 그건 좌절해도 끝까지, 어려워도 계속 포기하지 않고 도전했던 추억 때문이 아닐까.

부산 선수의 셀프 훈련법

프랑스에서 애지중지하며 일기장 사이에 끼워온 에델바이스를 코팅해 그 위에 네임펜으로 꾹꾹 눌러 썼다. "2018 평창동계올림픽 금메달".

　　힘들지 않은 길이 어디 있으랴마는 스키는 인적이 드문 길, 그만큼 더 어려울 미래가 눈에 뻔히 보이는 길이었다. 하지만 이 선택으로 미래의 나에게 미안해하고 싶진 않았다. 과거의 내가 옳았다고, 그때 그런 결정을 해줘서 고맙다고 훗날 나 자신에게 말해주고 싶었다. 물론 정말 해낼 수 있을지에 대한 불안감이 문득문득 나를 찾아왔지만 불안을 달랠 방법은 딱히 없었다. 그저 나를 믿고 응원하며 노력하는 수밖에. 나는 마음속으로 끊임없이 되뇌며 스스로를 다독였다.

　　'남들이 많이 가는 길보다 가지 않는 길을 걸어보는 일도 매력적일 것이다. 무엇보다 이 길 끝에서 웃을 수 있다면 그것이야말로 진정 멋있는 삶이 아닐까. 나는 이 길을 걷겠다고

결정했고 걷고 있다. 그러니 반드시 해내자.'

중학교 때는 수업을 마치는 오후 4시쯤부터 저녁식사 전까지 전화영어 수업을 하고 단어를 외웠다. 세계적인 스키 선수가 되기 위해 외국에서 보내는 시간이 점점 많아질 테니 언어는 필수라고 생각했다. 말이 통하지 않거나 알아듣지 못해 기회가 와도 못 잡는 일이 생길까봐 두려웠다. 만에 하나 동양인이라 차별받고 얕잡아 보이는 상황이 생기더라도 내 의사를 정확하고 당당하게 표현하고 싶었다.

　　저녁에는 헬스장에서 PT를 받았다. 알파인스키 선수에게 어떤 운동이 필요한지 체계적으로 배워본 적이 없었기에 일단 웨이트트레이닝이라도 제대로 하자는 심정이었다. 그때만 해도 합숙이나 전지훈련 동안 시키는 대로 열심히만 했을 뿐 이 운동이 어디에 좋은지, 왜 해야 하는지는 알지 못했다.

　　고등학교에 진학해서도 혼자 운동해야 하는 건 마찬가지였다. 스키 선수로서 현실이 막막했던 것은 사실이나 그렇다고 가만히 있을 수는 없는 노릇이었다. 일단 달리기부터 시작했다. 평일이면 학교를 마치고 곧장 낙동강 강변도로로 갔다. 번갈아가며 어느 날은 개와 산책하는 아이들 사이에서 오래달리기를, 어느 날은 힘차게 걷는 어르신들 사이에서 전력 질주 훈련을 했다. 주말에는 동네 뒷산을 올랐다. 스키장에서 코치님들과 했던 운동을 정리하고 인터넷을 검색해가며 운동 계획 수첩도 만들었다. 힘들지 않았다면 거짓말이겠지만 항상 더 해야 한다는 생각뿐이었다. 내가 하는 만큼 앞으로 나아갈 수 있다고 생각하니 허투루 보낼 시간이 없었다.

운동 외에도 틈틈이 내가 할 수 있는 것들을 했다. 그중 하나는 스키 영상 시청. 내가 훈련하고 시합했던 영상은 물론 이고 그 시합에서 좋은 성적을 거둔 선수들의 영상을 보고 또 봤다. 스키는 내가 타고 싶을 때마다 탈 수 있는 운동이 아니기에, 잘 타는 선수들의 특징과 내가 고쳐야 할 점 등을 분석하며 매일 잠자리에 들기 전 자세 연습을 했다.

'세계적인 선수들은 어떤 느낌으로 타는 걸까? 나보다 빠른 사람들은 이유가 뭘까? 저 자세가 나오려면 어떻게 해야 하는 걸까?'

비록 진짜 스키를 타는 것은 아니었지만 최대한 실제 느낌을 살리려고 애썼다. 이렇게 자세 연습이 끝나면 운동 일지 쓰기를 마무리하고 침대에 누웠다. 그리고 눈을 감은 채 꿈의 무대에 선 나의 모습을 머릿속으로 그려봤다. 이른바 상상 훈련이었다.

종목은 회전, 장소는 유럽이다. 정확한 위치는 스위스

아델보덴. 월드컵 중계를 볼 때마다 가장 멋있다고 생각한 코스다. 사실 남자 월드컵만 열리는 곳이지만 상상 속 무대이니 코스쯤이야 내 마음대로 바꿔도 상관없다. 날씨는 화창하고 하늘엔 구름 한 점 없다. 조금 춥기는 하지만 스키를 타기에는 딱 좋다. 관중석은 물론이고 코스 주위에도 사람들이 꽉 차 있다. 앞 번호 선수들이 피니시라인을 끊을 때마다 부부젤라 소리와 함께 함성이 들려온다. 점점 다가오는 나의 차례. 가장 좋아하는 숫자 5번을 배정받은 나는 스키를 신고 부츠 버클을 채운다. 그리고 스타트라인으로 향한다. 심판이 신호를 주면 한 번 크게 심호흡하고는 마음속으로 외친다. '할 수 있다.'

힘차게 출발! 연습할 때부터 감이 왔던 자세로 코스에 꽂힌 기문을 하나하나 지나간다. 숨이 차고 다리가 저려오지만 기문이 몇 개 남지 않았다. 끝까지 남은 힘을 모두 쥐어짜내야 한다. 마침내 피니시라인에 손을 뻗고 고개를 전광판 쪽으로 돌리는 순간 보이는 초록색. 그린 라이트는 지금까지 내려온 사람들 중 기록이 가장 좋다는 의미다. 나는 환호하며 양손을 치켜들고, 놀란 관중들도 모두 일어난다. 그 사이로 보이는 태극기 하나. 그렇게 대회는 끝이 나는데…… 갑자기 들리는 엄마 목소리.

"영서야, 뭐하니?"

이불 부스럭거리는 소리에 방문을 연 엄마와 마주한 나는 부끄러움에 얼굴이 벌겋게 달아올랐다. 머릿속으로 시뮬레이션을 돌리다보면 나도 모르게 손이 앞으로 나가고 몸이 스키를 타듯 움직였다. 이불 안에서 꿈틀대는 나를 보며, 엄마는 왜 저러나 싶었을 것이다.

정말이지 그때의 나는 온종일 스키 생각뿐이었다. 특히 상상 훈련을 할 때면 우승을 하고 집에 돌아와 대회 영상을 돌려보듯 매우 구체적으로 상상했다. 종목과 장소, 날씨, 1차전과 2차전의 상황 하나하나를 세세하게 설정했다. 어제 1번으로 출발했다면 오늘은 2번으로 순서를 바꾸어보기도 했다. 특히 설상 훈련과 훈련 사이 공백이 길 때면 좋았던 감각을 다음 훈련까지 이어가기 위해 반드시 상상 훈련을 했다. 이 훈련이 지루할 때는 관련된 책에서 많은 도움을 받았다.

가슴에 꿈을 품고 뭐라도 해보려 노력했던 그때의 나를 떠올리면 제법 기특하다. 그 순간들이 모여 지금의 내가 되었으니까. 천진난만하게 스키를 사랑했던 그 시절의 나. 돌아갈 수만 있다면 그 아이에게 알려주고 싶은 것들이 너무 많다.

돌이켜보면 스키라는 스포츠에 푹 빠져 잘하고 싶었던 그 마음 자체가 나에게는 큰 선물이었다. 그래서 더 간절한 마음으로 노력할 수 있었으니. 어쩌면 우리는 이런 열정에 재능이라는 이름을 붙이는 것인지도 모르겠다.

막내 온 탑

2013년 11월 중국, 처음으로 국제 대회에 참가했다(알파인스키는 한국 나이로 고등학교 1학년이 된 해 7월부터 국제 대회에 참가할 수 있다). 세부 종목은 회전. 아주 큰 대회는 아니었지만 그래도 10여 개국이 참가했고 여자 국가대표를 포함한 한국 알파인스키 선수 대부분이 출전했다.

　　여기서 잠깐, 알파인스키 대회에 대해 알아보자. 가장 대표적인 알파인스키 대회는 올림픽, 세계선수권, 월드컵으로 10월부터 그다음해 3월까지가 시즌이다. 월드컵은 매년 10월에 오스트리아 솔덴 스키장 대회를 시작으로 그다음해 3월까지 세부 종목별 대회가 여러 차례 열리고, 세계선수권은 2년마다 한 번, 올림픽은 4년마다 한 번 열린다. 세 대회의 참가국 수와 룰은 조금씩 다르지만 세계에서 내로라하는 선수들이 모두 모인다는 점은 같다.

　　그리고 월드컵보다 한 단계 낮은 대륙컵이 있다. 대륙

컵은 유럽, 남아메리카, 북아메리카, 호주와 뉴질랜드, 아시아로 나누어 치르며, 한국 선수들은 주로 중국, 한국, 일본, 러시아 순으로 열리는 극동컵Far East Cup에 출전한다. 이외에도 유니버시아드, 아시안게임, 주니어 세계선수권, 유스 올림픽, 국가별 선수권 등 다양한 세계대회가 있다.

스키 선수에게 가장 기본적이라 할 대회는 피스FIS 대회다. 피스는 국제스키연맹의 약자로, 피스 대회는 전 세계 곳곳에서 열린다. 한국은 보통 12월 말에 첫 피스 대회가 열리는데, 11월 말경 스키장을 개장해 기문이 들어갈 만큼 눈이 충분히 쌓이고 일반 스키어들의 공간까지 확보하다보면 그 시기가 되는 것이다. 그래서 나는 10월이 시작되면 유럽으로 전지훈련을 떠나 한 달 정도 설상 훈련을 한 뒤 11월 말에 극동컵 출전을 위해 중국으로 이동하곤 했다. 극동컵을 치르고 한국에 돌아와서 피스 대회를 치르는 식이었다.

극동컵은 한 국가당 4~8회 정도 열리는데, 보통 중국에서 12월 초, 한국에서 1월 말, 일본에서 2월 말, 러시아에서 3월 말에 개최된다. 대부분 이틀 동안 대회를 치른 후 하루 쉬고 나흘간 대회를 치르거나, 나흘간 대회를 치르고 이틀 쉬고 또 나흘간 대회를 치르는 식이었다. 하루에 두 번, 1분짜리 경기를 하는 게 다였지만 그 두 번의 경기를 위해 종일 집중했기 때문에 에너지 소모량이 만만치 않았다.

그토록 기다려온 첫 국제 대회. 스키가 한창 재밌고 기량도 좋아지던 시기였기에 얼른 기록을 재보고 싶었다. 처음 참여하는 대회였으니 실수나 DNF Did Not Finish(완주하지 못하는 경우)에 대한 부담도 없었다. 그야말로 잃을 것이 없는 상태였다. 그저 신나게 달리면 그만이었다. 그런 마음으로 1차전 피니시라인을 끊었다. 끝나자마자 숨도 고르지 않고 결과를 확인하러 가는데 한 일본 선수가 "야바이やばい(미쳤다)!"라고 말하는 것이 들려왔다. 아시아에서는 상위에 랭크된 선수였다. 기록이 좋기를 간절히 바라면서도 불안하고 초조한 순간, 심장이 쿵쾅거렸다.

KOR, KANG YOUNGSEO 46.19

나의 기록을 확인한 뒤 재빨리 그 일본 선수의 기록을 눈으로 좇았다.

JPN, ARAI MAKIKO 46.12

막내 온 탑

잘못 본 건가? 고글을 벗고 다시 기록판을 확인했다. 0.07초 차이, 제대로 본 것이 맞았다. 혹시나 일본 선수가 실수라도 해서 하위권에 랭크된 것은 아닌지 기록을 살펴봤지만 그 선수가 1위가 맞았다. 심지어 46초대는 두 명뿐. 처음 나선 국제 대회에서 2위를 한 것이다. 이 느낌을 상품으로 팔 수만 있다면 억만장자가 될 수 있을 텐데! 기분이 미치고 팔짝 뛸 듯 좋았지만 기록판 근처에서는 웬만하면 평정심을 유지했다. 부상을 입거나 기록이 좋지 못한 선수들에 대한 매너이기도 했고 아직 대회가 끝난 것이 아니었기 때문이다. 리프트를 타고 올라가는 내내 입가에 번지는 미소는 어찌할 수 없었지만 침착해지려 노력했다.

　'영서야, 끝날 때까지 끝난 게 아니야. 하우스에 들어가서 몸 좀 녹이고 2차전에서 어떻게 타야 할지에만 집중하자.'

코로나19가 터지기 전까지만 해도 중국에서 매년 대회가 개최됐다. 주로 중국 북부의 허베이성에 위치한 완룽 스키장에서 열렸는데 이곳은 영하 10~20도는 기본이고 심할 땐 30도까지 내려가기도 했다. 이렇게 기온이 말도 안 되게 떨어질 때면 옷을 껴입는 것이 무의미해진다. 특히 부츠 때문에 핫팩도 붙일 수 없는 발가락과 아무리 빈틈없이 테이핑하고 마스크로 가려도 피부가 얇은 얼굴은 동상에 걸리기 일쑤였다.

그럴 때 추위를 견디는 우리만의 방법이 있었다. 일단 리프트 정원을 꽉꽉 채워 펭귄처럼 다닥다닥 붙어 앉는다. 그러고는 수학여행에서나 할 법한 게임을 시작한다. "팅~팅팅팅, 탱~탱탱탱, 팅팅탱탱 후라이팬 놀이, 영서 하나!"

이렇게 허벅지와 손바닥을 치고 게임에서 진 사람의 등짝을 인디언밥으로 사정없이 때려주기도 하면서, 깔깔대며 올라가야 그나마 고통스러운 추위를 잠시나마 잊을 수 있었다. 아마 스키 선수들은 공감할 것이다. 추위를 버티려는 우리만의 몸부림이 얼마나 절박한 것이었는지 말이다.

가끔 발가락에서 싸한 느낌이 들 때면 연습이고 뭐고 없었다. 곧장 방으로 직행. 부츠와 양말을 벗어던지고 욕조에 미지근한 물을 받아 아린 느낌이 사라질 때까지 발을 담갔다. 동상이 심해지면 몇 개월간 아예 부츠를 못 신게 될 수도 있기에 미련하게 연습을 강행하기보다 사전에 방지하는 편이 현명하다. 그렇게 발을 담근 채 고개를 들면 시퍼렇게 질리고 수척한 몰골의 좀비 하나가 거울에 비쳤다. 불현듯 '나는 왜 스키 선수가 되었는가' 하는 근원적인 질문이 머릿속에 떠오를 때쯤 실감이 난다. '그래, 이게 중국이지.'

도망칠 수 없다. 추위도 시합은 한다. 모든 선수들이 똑

같은 환경에서 경쟁하니 불만이나 변명은 소용없다. 동상에 걸렸다느니, 컨디션이 나빴다느니 하는 말은 핑계에 지나지 않는다. 어렵고 힘든 상황에서도 집중력을 잃지 않고 어떻게든 버텨내는 선수들이 결국 성장하고 승리한다. 추워도 어쩌겠는가. 내가 열심히 노력하고 견뎌낸 이 시간의 가치를 인정받으려면 결과로 증명하는 수밖에.

그날도 마찬가지였다. 날씨는 무지하게 추웠고 바람은 매서웠다. 정상의 하우스에 들어와 몸을 녹이는데 주변이 술렁였다. 혜성같이 나타난 첫 피스(국제 대회를 처음 뛰는 선수를 칭하는 말)의 반란에 다들 나에게 다가와 한마디씩 던졌다. "오~ 영서, 좀 탔는데."

　　기분이야 당연히 좋았지만 끝까지 집중해야겠다는 생각뿐이었다. 인스펙션을 하며 기문 하나하나를 꼼꼼히 체크했고 프리 스키를 타면서 2차전에 집중해야 할 포인트를 찾았다. 그리고 2차전 스타트를 하기 직전까지 계속해서 이미지 트레이닝을 했다. 이렇게 머릿속으로 기문을 리듬에 맞게 의식적으로 반복해서 외우다보면 시합중 발생하는 돌발 상황에도 자연스레 대처할 수 있다. 몸을 풀고 자신 있게 시합에 임하는 것도 중요하지만 시합 내용을 미리 그려보는 일도 그 못지않게 중요하다.

자, 이제 준비는 끝났다. 내 생애 첫 국제 대회 2차전. 춥고 긴장도 많이 됐지만 자신 있었다. 나름 부산에서 혼자 열심히 훈련했던 시간에 대한 믿음이 있었고 무엇보다 즐거움이 한몫했다. 스키를 신고 시합하는 것 자체가 너무 재밌었던 것이다. 그러니 기록이 잘 나올 수밖에. 아니, 기록이 잘 나오니 재밌었던 건가? 아무튼 그때 나는 갓 구워 따끈따끈한 빵처럼 부풀어오른 자신감으로 무장한 패기 넘치고 당돌한 첫 피스였다. 더군다나 잘하면 좋고 아니어도 상관없는, 잃을 것 없는 막내인 만큼 무서울 게 없었다.

2차전에서는 스키에서 가장 중요한 바깥발outside ski에만 집중하며 내려갔다. 아슬아슬하게 통과한 기문도 있었지만 무사히 완주했고, 2위로 대회를 마무리했다. 내심 1위를 기대했던 터라 조금 아쉬웠지만 첫 수확으로는 대성공이었다. 합산 기록도 1위와 0.23초밖에 차이 나지 않아 30.14점을 획득했다. 이는 한국 여자 선수 중에서 최연소 최고득점이었다. 무엇보다도 1위 선수와 기록 차이가 별로 나지 않았기 때문에 앞으로 남은 대회가 더 기대되기까지 했다.

잠깐, 이거 잘하면 내가 올림픽에 나갈 수도 있겠는데?

첫 올림픽 출전을 앞두고

나의 궁극적인 목표는 당연히 올림픽이었다. 2012년 작정하고 몸을 만들면서 본격적으로 해외 전지훈련을 다니기 시작했던 나는, 2012-13시즌부터 성적이 눈에 띄게 좋아졌다. 2014년 2월에 개막하는 소치동계올림픽은 그해 1월 중순까지의 성적을 토대로 대표를 선발할 예정이었다. 내가 2013년 11월부터 국제 대회에 참가했으니 2014년 1월까지 한국 선수들이 출전하는 모든 대회에서 1위를 하면 올림픽에 나갈 수도 있을 터였다.

올림픽 출전이 꿈이 아니라 현실이 될 수도 있다고 생각하자 하루를 보내는 마음가짐부터 달라졌다. 잠에서 깨기 힘들 때나 숨이 차올라 포기하고 싶을 때마다 '이걸 끝까지 해내야 올림픽에 나갈 수 있다'며 나를 채찍질했다. 올림픽에 못 나가는 일보다 스스로를 책망하게 될 일이 더 두려웠기 때문이다. 그런데 이게 웬걸, 첫 대회부터 머릿속으로 그려왔던 일이 정말로 일어났다. '뭐야, 진짜 되잖아?' 기쁨과 당황스러움이 공존하는 순간, '할 수 있을까?'라는 물음표가 '할 수 있다!'는 느낌표로 바뀌었다. 그 기세를 몰아 나머지 대회들에서도 선전할 수 있었고, 특히 회전 마지막날 극동컵에서 5위의 성적을 거두고 나니 전 세계 1997년생 중 1위가 되어 소치올림픽 출전이 유력해졌다. 당장 세계 무대에서 두각을 나타낼 정도는 아니었지만 가능성이 보인 것이다.

집으로 돌아오니 엄마의 콩나물국이 기다리고 있었다. 뜨거운 국에 밥을 가득 말아 후루룩. 중국에서 달고 온 추위가 싹 가시는 기분이었다. 밥을 먹고 내 방 침대에 앉아 이불을 덮은 채 노트북을 켰다.

　　　　대회 영상들을 돌려보니 그때의 감정들이 새록새록 되살아났다. 피니시라인을 끊었을 때의 짜릿함, 내가 해냈다는 뿌듯함. 하지만 언제까지 달콤함에 빠져 있을 수만은 없었다. 아직 한국 대회들이 남아 있었고 그 대회들까지 잘 마무리해야 올림픽에 나갈 수 있었다. 겉으로는 자신만만했지만 강원도로 가는 길에서는 다시 한번 방심하지 말고 끝까지 집중하자고 마음을 다잡았다.

　　　　무엇보다도 부상을 주의해야 했다. 사실 스키는 사전

첫 올림픽 출전을 앞두고

에 부상을 방지하기가 참 어려운 스포츠다. 착용하는 장비도 무겁고 스피드를 동반하기 때문에 뼈가 부러지고 인대가 끊어지는 일이 다반사다. 그해에도 부상당한 선수가 많았다. 국가대표 남자 선수 중 두 명이나 수술을 했고 강원도에서 함께 훈련하던 한 여자 선수도 무릎 전방십자인대가 파열되어 재건 수술을 받았다. 평소 잘 따르던 언니이기도 했고 무엇보다 겨울을 위해 열심히 준비했음을 알았기에 마음이 안 좋았다. 마침 서울로 부츠를 손보러 가야 했던지라 도넛과 음료를 사들고 병원으로 향했다.

병실에 환자복을 입고 누워 있는 언니. 먼길 왔다며 반겨주는 모습에 웃어야 할지 울어야 할지. 전방십자인대는 재활 과정도 힘들고 후유증도 꽤 크다. 거기다 겨울 시즌까지 통으로 날리게 되었으니 걱정이 이만저만이 아니었을 것이다. 애써 웃음 짓는 언니를 보자니 만감이 교차했다.

강원도로 돌아가는 버스 안, 많은 생각이 머리를 스쳐 지나갔다. 앞으로 한국에서 치러야 할 대회는 나름 자신 있었지만, 몸이 곧 재산인 운동선수에게 부상이란 그야말로 치명타이기에 몸 관리도 열심히 해야겠다는 생각이 들었다. 아무리 실력이 뛰어나도 다치면 그간의 노력과 쌓아온 시간이 한순간에 물거품이 될 수도 있었다. 주변 동료들의 부상에 마음 아픈 동시에 경각심을 뼈저리게 느끼며 창밖을 바라보는데, 마침 눈이 내리기 시작했다.

"5. 4. 3. 2. 1. 해피 뉴 이어Happy New Year!"

며칠 후, 카운트다운이 끝나자마자 스키장에서는 2014년을 알리는 폭죽 소리가 들려왔고 TV에서는 새해 인사말이 오갔다. 나는 두 손 모아 간절히 빌었다. 올림픽에 나갈 수 있기를. 아니, 내가 해온 만큼만이라도 결과가 나오기를. 아니 아니, 부상 없이 멀쩡하게 대회를 치를 수만 있기를.

올림픽까지 남은 시간은 1개월 남짓이었다. 종교는 없었지만 만약 신이 존재한다면 부디 간절한 이 마음이 가닿기만을 빌었다. 그리고 아침에 일어나 가족과 친구, 주변 지인들에게 안부를 물으며 떡국도 한 그릇 뚝딱 해치우고, 오후에는 상쾌하게 달리기를 하며 다음날의 훈련도 준비했다. 올해는 좋은 일만 가득할 것 같은 이 기분, 나만 열심히 하면 만사 오케이일 것 같은 이 느낌! 그날의 일기장 내용은 안 봐도 비디오다.

"자! 새해 첫날, 기분도 좋고 알차게 잘 보냈으니 내일부터 다시 신나게 달려볼까?"

다음날, 나의 오른쪽 무릎 전방십자인대는 뚝 끊어졌다.

뚝 하고 끊어진 순간

2014년 1월 2일. 내가 결코 잊을 수 없을 날이다.

　　선수들이 훈련하기에는 얼어서 딱딱해진 눈이 좋다. 그렇게 되려면 스키장 이용 시간이 끝난 후 눈을 정비해 밤새 추위에 눈이 얼도록 해야 한다. 하지만 이 스키장은 유독 아침에 정비하는 날이 많았다. 애써 딱딱해진 눈을 아침마다 정성스레 다시 깨부쉈던 것이다.

　　이날도 마찬가지였다. 훈련하는 사람들 모두 여러 번 눈 자갈을 밀어냈지만 한번 깨져나간 눈은 걷어내면 걷어낼수록 흙바닥만 드러냈다. 어쩔 수 없이 눈 자갈이 제일 없는 쪽에서 기문 위치만 조금 수정한 채 훈련을 진행해야 했다.

　　'이런 환경에서 시합하게 될지도 몰라. 그날을 대비하는 연습이라 생각하자.'

　　나는 할 수 있는 한 좋게 생각해보려 애쓰며 훈련에 집중했다. 그런데 유독 상태가 안 좋은 구간이 있었다. 나는 그 구간에서 실수가 잇따라 완주에 계속해서 실패하고 있었다. 이번만큼은 반드시 완주하리라 다짐하며 다시 힘차게 출발해, 마의 구간이 다가올수록 온 신경을 집중했다. 그리고 있는 힘껏 오른발을 밟았다.

우당탕탕탕탕탕!

죽을 고비가 찾아오면 지난 시간이 주마등처럼 스쳐지나간다고 했던가. 나에게는 무릎이 돌아가는 순간이 그랬다. 넘어지는 그 순간이 마치 슬로모션처럼 느껴졌다. 잠시 후 정신을 차리고 눈을 떠보니 보이는 하늘, 그리고 급격히 밀려오는 통증.

"C-barrrrr!"

나도 모르게 욕이 입 밖으로 터져나왔다. 치밀어오르는 화를 주체할 수 없어 있는 힘껏 소리를 질러버렸다. 무릎이 아픈 건 둘째치고 심각한 문제가 생겼다는 확신이 들었기 때문에. 나는 그대로 눈밭에 누워 한참을 펑펑 울었다.

시간이 지나도 오른발에 힘이 들어가지 않았다. 왼발로만 스키를 타고 간신히 내려왔지만 통증이 심해 스키를 벗을 수 없었다. 결국 나는 들것에 실려 의무실에 갔다. 가위로 경기복을 자르고 부츠를 벗느라 애를 먹는 와중에 아빠가 도착했다. 사실 아빠는 내가 훈련할 때면 늘 숨어서 지켜보곤 했다. 혹시 내가 알면 부담을 느낄까 염려해서였다. 그래봤자 나는 귀신같이 아빠를 찾아내 손을 흔들곤 했지만.

그날도 아빠는 훈련을 몰래 지켜보다가 나를 따라 황급히 달려왔다. 여전히 울고 있는 나를 다독이며 차에 태워 강릉 아산병원 응급실로 향했다. MRI를 찍고 꽤 오랜 시간을 기다려 들어간 진료실. 왼쪽 모니터에는 누가 봐도 문제가 있어 보이는 사진이 떠 있었다. 의사 선생님은 마지막으로 내 양쪽 무릎을 번갈아 흔들어보더니 진단을 내렸다.

"오른쪽 무릎 전방십자인대 파열입니다."

무릎을 흔들 때부터 이미 알고 있었지만 일말의 희망이라도 붙잡고 싶었던 나에게 선생님이 내린 진단은 너무 가혹했다.

"선생님, 수술을 해야 하나요?"

"수술을 안 해도 시간이 지나면 일상생활 정도는 가능할 겁니다. 하지만 선수생활을 계속하시려면 재건 수술을 받는 게 좋겠습니다."

"아…… 그럼 수술을 하면 어떻게 되는 건가요?"

"수술 후 한 3개월 정도면 달리기를 할 수 있을 거고, 6개월 정도가 지나면 웬만한 운동은 다 할 수 있을 겁니다. 하지만 올림픽까지는 무립니다."

올림픽이 코앞인데 무슨 방법이 없겠냐며 이것저것 계속 물어보던 아빠. 그날 나는 아빠의 눈물을 처음 보았다.

소치동계올림픽 출국까지 한 달 남은 시점. 나는 오른쪽 무릎 전방십자인대와 내측 반월상연골 파열이라는 진단을 받았다. 수술을 하면 스키를 다시 타기까지 최소 6개월에서 9개월 이상이 걸린다고 했다. 알파인스키 선수가 흔히 겪는 부상이라지만 한창 승승장구하고 있는 고등학생에게, 게다가 올림픽 출전이 유력해진 상황에서 이런 큰 시련이 닥쳤다는 사실이 믿기지 않았다. 다음날 우리집에서는 올림픽 출전을 놓고 격론이 벌어졌다.

"이게 영서 인생에 마지막 올림픽일지도 몰라."

"애가 아픈데 올림픽에 어떻게 가. 가서 더 다치면 어떡할 거야."

어떻게 나한테 이런 일이. 절망적이었다. 처음엔 걸을 수조차 없었기 때문에 이런 상태로 무슨 올림픽이냐는 자포자기의 심정이었다. 하지만 그토록 꿈에 그려왔던 무대를 눈앞에 두고 스스로 내려놓을 수는 없었다.

어렸을 때부터 운동을 좋아했던 나는 어떤 종목을 선

똑 하고 끊어진 순간

택할지 고민이 많았다. 하지만 그럴 때마다 결국 돌아온 곳은 스키장이었다. 설원을 달리는 것만큼 재밌는 운동은 없었다. 스키 선수를 하겠다고 마음을 굳힌 후부터는 이왕 하는 거 세계 최고가 되어보겠다는 큰 꿈을 품고 정말로 열심히 달려왔다. 그런데 부상이라니. 그것도 왜 하필 지금.

더 크게 다칠 위험을 감수하고서라도 올림픽에 나가야 할지, 아니면 포기하고 빨리 수술을 해야 할지, 앞으로 남은 선수생활을 고려해 무엇이 더 현명하고 지혜로운 선택일지 알 수 없었다. 나와 가족 모두 갈팡질팡했다. 그렇게 2주가 흘렀다. 혹시나 하는 마음에 마지막으로 한 번만 더 스키를 신어보고 결정하기로 했다. 깜깜한 밤, 스키장 불빛 아래에서 부츠를 신고 눈 위를 몇 발자국 걸어보았다.

"어, 괜찮은데?"

예상보다 무릎의 회복이 빨랐고 보조기를 착용하고 나니 생각보다 스키를 잘 탈 수 있었다. 그 순간, 꺼져가던 희망의 불씨가 다시 살아났다.

잊을 수 없는 첫 올림픽

2014년 2월 1일, 나를 포함해 올림픽에 출전하는 한국 선수단이 대한항공 전세기에 탑승했다. 그렇다. 인대 파열이라는 부상에도 불구하고 나는 2014 소치동계올림픽에 참가했다. 부상 리스크가 있긴 했지만 나이가 어렸고 성적이 좋았기에 다음 올림픽에 대한 장래성을 고려해 주어진 기회였다.

열 시간을 날아가 도착한 러시아 소치공항은 경계가 삼엄했다. 위탁수하물을 일일이 검사하느라 짐을 찾는 데 오랜 시간이 걸렸고, 아이디카드를 발급받을 때, 버스를 갈아타는 등 이동을 할 때마다 보안 검사를 다시 했다. 국제적인 스포츠 제전인 만큼 전 세계에서 모여드는 선수들과 주요 인사들의 안전에 만전을 기하는 듯했다.

굽이굽이 난 길을 따라 산속으로 들어가길 두 시간쯤, 밤 10시가 넘어서야 마침내 나의 첫 올림픽 선수촌인 마운틴 빌리지에 도착했다(올림픽 선수촌은 빙상 종목 선수들이 묵는 오션

빌리지와 설상, 썰매 종목 선수들이 이용하는 마운틴 빌리지로 나뉘어 있었다). 방 배정 후 곧바로 식당으로 가 빵에 잼을 대충 발라 입에 욱여넣고는 주스와 물을 챙겨 방으로 돌아왔다. 그리고 샤워 후 기절.

다음날, 시차 때문인지 새벽 어스름도 가시기 전 눈이 떠졌다. 산책이나 할까 싶어 문을 나서는데 정면으로 큼지막한 오륜기가 보였다. 그 뒤로는 하얀 이불을 덮은 산과 나무가 펼쳐져 있고 맑은 하늘에는 붉은빛이 어른거렸다.

'설경 속 오륜기라니. 내가 진짜 여기 오긴 왔구나.'

올림픽. 4년에 한 번 열리는 세계인들의 대축제이자 지구촌 최대 이벤트. 운동선수라면 누구나 꿈꾸는 무대다. 세계 각국을 대표하는 실력 있는 선수들이 모두 모이는 그곳에 내가 있었다. 특히 피트니스센터에 들어선 순간, 그때 느낀 묘한 기운이 아직도 잊히지 않는다. 마치 다른 차원의 세계로 온 듯한 느낌이었다. TV로만 보던 선수들이 운동에 열중하고 있었고 그들 사이에는 왠지 모를 긴장감이 흐르는 듯했다. 한편으로는 여기 있는 사람들 모두 같은 꿈을 향해 달리고 있다는 사실에 감격스럽기까지.

며칠 뒤 소치동계올림픽 개막식이 열렸다. "리퍼블릭 오브 코리아Republic of Korea!" 대한민국이 호명되자 대형 태극기를 든 기수를 따라 한국 선수단과 관계자들이 입장했다. 커다란 스타디움을 꽉 채운 관객들이 엄청난 함성과 함께 우리를 맞이했다. 다가오는 카메라에 웃으며 태극기를 흔들어 보였다. 이 모든 것이 처음 느껴보는 감정이었다. 나라를 대표해 이 자리에 왔다는 영광스러움, 올림피언이 되었다는 자부심, 그에 따라오는 사명감과 책임감까지 모두 황홀했다. 진짜 프로들의 세계로 한 발짝 내디딘 것이다.

개막식이 끝난 뒤 밤늦게 숙소에 도착했다. 빌리지에 들어서자 건물별로 걸린 국기들이 장관이었다. 그중 단연 눈에 띄는 건 태극기였다. 한국 선수단 건물에 줄지어 있는 태극기를 볼 때면 카메라를 꺼내지 않을 수 없었다. 오륜기 앞에서 한 번, 태극기 앞에서 한 번. 포토존을 그냥 지나칠 수 없지.

올림픽에서는 대개 각 나라에서 자국 선수단을 직접 지원한다. 각 빌리지의 한국 선수단 건물에는 대회 본부와 치료실이 있었다. 본부는 대회 일정에 따라 필요한 것들을 준비해 파견을 나가기도 하고, 코치님과 감독님에게 공지 사항을 전달하는 일종의 중앙제어센터 역할을 했다. 우리는 종종 본부에서 함께 대회 관람도 했는데, 한마음으로 응원을 하다보면 우리를 응원하고 있는 모든 사람들이 하나가 되어 함께 상대와 겨루는 느낌이라 든든했다.

본부 바로 옆에 위치한 치료실은 도핑에 걸리지 않는 약과 주사를 처방해주고 물리치료 및 마사지, 테이핑 등 선수의 컨디션을 위해 힘써주는 곳이었다. 당시 나는 치료실 단골인 덕분에 치료사 선생님들과 친해질 수 있었다. 하지만 선생님들을 자주 본다는 건 그만큼 자주 아프다는 뜻이니 그렇게 좋은 일은 아니다. 선생님들은 치료 후 숙소로 돌아가는 선수들에게 "다신 보지 말자!"라며 농담인 듯 진심을 담은 인사를 건네곤 했다.

이후 선수생활을 하며 알게 된 사실이지만 이렇게 큰 국제 대회에 가면 꼭 포함되는 시설이 있다. 바로 오락실. 주로 탁구, 당구, 포켓볼, 미니 농구, 자동차 게임, 다트 등 선수들이 건전하게 즐길 수 있는 오락 시설들이 마련돼 있다. 한국에 있는 국가대표 선수촌도 마찬가지다. 훈련에만 집중해야 할 국가대표 선수들에게 선수촌에서 직접 오락실을 제공한다니 아이러니하게 들릴 수도 있겠다. 하지만 한정된 공간에서 장기간 합숙 훈련을 하는 선수들은 당연히 취미생활도 제한될 수밖에 없다. 스프링도 계속 누르고 있으면 탄력이 죽고, 적절한 타이밍에 놓아주어야 힘차게 튀어오를 수 있는 것처럼, 선수들도 훈련으로 쌓인 스트레스를 잘 풀어줘야 한다. 쉴 때 잘 쉬어야 에너지를 재충전하고 다시 훈련에 집중할 수 있다.

2014 소치동계올림픽은 나에게 남다른 의미가 있다. 내 인생 첫 올림픽이었고, 목표했던 바를 처음 이루어본 소중한 경험이었으며, 차근차근 한 계단씩 밟아 올라가다보면 대한민국의 스키 선수들도 주목받을 수 있는 날이 오지 않을까 하는 희망을 품은 계기였다.

하지만 소치에서의 나는 온전히 신나지만은 않았다. 인대가 하나 없는 채로 출전했기 때문에 제 능력을 펼치기에는 한계가 있었고 좋은 결과를 기대하기도 어려웠다. 다른 선수들이 마음껏 기량을 펼칠 때마다 나는 저렇게 하지 못할 거라는 사실을 깨닫는 일도 꽤나 잔인했다. 최선을 다하고 있는 선수들을 응원하면서도 내 또래의 선수들이 메달을 하나둘 따낼 때마다 자꾸만 우울해졌다.

하지만 언제까지 우는소리만 할 수는 없었다. 다음을 생각해서라도, 또 출전하지 못한 선수들을 생각해서라도 지금 내게 주어진 이 소중하고 감사한 기회를 그냥 흘려보내고 싶지 않았다. 나는 눈을 부릅뜨고 대회 하나하나를 지켜봤다. 훗날 기필코 저 무대에서 활약하리라, 꼭 시상대에 올라 보답하리라, 그리고 반드시 지금의 아픔을 웃으며 추억하리라 다짐

하면서.

대회 당일, 비록 무릎 보조기에 의지해야 했지만 아프더라도 최선을 다해 완주에 성공하고 말겠다는 각오로 경기에 임했다. 100퍼센트의 컨디션이 아님에도 올림픽에 출전할 수 있었던 것 자체가 기적이었으니까. 그렇게 많은 사람들의 응원과 도움으로 피니시라인을 끊는 데 성공했다. 내 첫 올림픽이 무사히 끝났다.

"엄마, 지금 생각해보면 소치에 다녀올 수 있었던 거 참 다행이야, 그치? 올림픽 후에 어떻게 될지 아무도 모를 일이었잖아."

"그래서 인생이 선택의 연속이라는 거야. 특히 극적인 순간들의 선택은 인생을 바꿔놓을 수도 있으니까. 어휴, 보내놓고도 얼마나 가슴을 졸였던지."

그때 일을 떠올리면 아직도 눈물이 찔끔 난다. 만약 그때 더 다쳐서 오기라도 했다면 땅을 치고 후회했으려나? 아무튼 올림픽을 앞둔 그 타이밍에 십자인대가 뚝 하고 끊어진 건 너무한 일이었다. 그때의 상승기류를 타고 쭉쭉 잘 올라갔다면 나는 어떻게 되었을까? 확실한 건 언제 다쳐도 다쳤을 거라는 사실이다. 8년 뒤에 반대쪽 인대도 똑같이 끊어져 데칼코마니를 완성했으니!

나를 믿어주는 사람이 있다는 건

2014년 2월 말, 소치에서 한국으로 돌아와 바로 수술대에 올랐다. 그리고 병실에 누워 생각했다. 슬럼프 따위는 용납할 수 없다고, 반드시 화려한 복귀를 하고 말겠다고. 하지만 화려한 복귀는 무슨. 나는 그날로부터 거의 다음 올림픽까지 슬럼프의 늪에 빠져 아주 화려하게 허우적거렸다.

슬럼프에 빠진 데에는 몇 가지 이유가 있었다. 일단 무릎 수술의 여파로 몸의 밸런스가 깨져버렸다. 한번 밸런스가 무너지니 반대쪽 무릎, 허리, 발목 등으로 부상이 이어졌고 내 몸엔 부상에 대한 두려움이 갈수록 강하게 새겨졌다. 언제 다시 아플지 모른다는 불안이 나의 스킹을 점점 더 소극적으로 만들었다.

스키도 문제였다. 매년 스키를 일고여덟 대 정도 구매하는데 그 비용이 꽤 부담스럽던 차였다. 마침 세계 상위권 선수들이 많이 사용하는 유명 스키 브랜드에서 스키를 지원해주겠다고 나섰다. 그래서 장비를 바꾸었는데, 그제야 알게 되었다. 비싸고 유명한 브랜드의 스키가 아닌, 나에게 잘 맞는 스키가 가장 좋은 스키라는 사실을. 3년 가까이 어떻게든 스키에 나를 맞춰보려 노력했지만 결국 장비를 다시 바꿔야 했다.

마지막으로는 내가 믿고 따를 수 있는 지도자의 부재였다. 스키가 잘 안 돼서 제일 미쳐버릴 것 같은 사람은 나인데, 기문을 타고 내려갈 때마다 슬픔과 분노를 숨쉬듯 감당하게 했던 사람, 하얀 스키장도 깜깜하게 만드는 재주가 있던 사람, 당시 나의 지도자는 그런 사람이었다.

그래, 이쯤이면 나올 때가 되었다. 청춘들의 방황과 성장을 그린 청량 스포츠 드라마. 꿈을 잃어버린 주인공이 커다란 장벽에 부딪혔을 때 극적으로 나타나는 한 사람과, 그와 함께 지옥 같던 시간을 헤쳐나가며 한 단계 도약하는 그런 서사 말이다.

나에게도 스키를 포기하고 싶어질 때마다 나를 일으켜준 사람이 있다. 나조차도 나를 믿지 못할 때 나를 믿어주고, 할 수 있다며 끊임없이 응원해준 사람. 그는 학교 선배이자 스키 동료였으며 나중에는 내 인생 첫 월드컵을 이끌어준 스승이 되었다.

선수 시절 그는 나와 비슷한 부상을 수차례 겪고도 스키를 포기하지 않았던 사람이다. 그만큼 스키를 뜨겁게 사랑했던 사람. 무릎 수술 이후 내가 가장 힘든 시기를 겪었던 해에 그는 두번째 전방십자인대 재건 수술을 받았다. 그는 당시 국가대표가 아니었고 나보다 더 열악한 환경에서 훈련했지만 결코 스키를 포기하지 않았다.

'열정을 쏟아붓는다는 건 저런 것이구나.'

그 모습에 감동받은 나는 그를 졸졸 따라다니면서 참 많이도 귀찮게 했다. 무릎엔 뭐가 좋냐, 이 운동은 어떻게 하는 거냐 등등. 지금 생각해도 참 징글징글했더랬지. 그렇게 우리는 같은 부상을 딛고 일어선 동료로서 서로에게 의지했고 함께 땀흘려 훈련하면서 한 가지 약속을 했다. 반드시 2018 평창 동계올림픽에 함께 나가자고.

이게 무슨 청춘 드라마 스토리인가 싶겠지만 그때는 진심이었다. 그만큼 우리에겐 스키가 너무도 소중했고 자국에서 열리는 올림픽에 도전하는 일은 단 한 번뿐인 기회니까. 그렇게 간절한 마음으로 준비한 덕분인지 우여곡절 끝에 다행히 올림픽행 티켓을 거머쥐었고, 우리는 한없이 기쁜 마음으로 2018년을 맞이할 수 있었다.

하지만 기쁨도 잠시, 평창동계올림픽 결단식 날 올림

픽 단복을 갈아입고 다 같이 버스로 이동하려는 찰나 청천벽
력 같은 소식이 들려왔다. 올림픽 자격 기준을 통과한 선수 아
홉 명 모두 올림픽에 나갈 수 있을 줄 알았는데, 올림픽 출전
티켓은 단 네 장뿐이라는 것이었다. 그를 포함한 다섯 명의 선
수들은 올림픽 출전을 눈앞에 두고 고배를 마셔야 했다. 그의
꿈은 그렇게 사라졌다.

　인생은 때때로 못되게 군다. 수많은 부상과 수술에도
굴하지 않고 최선을 다해 달려왔는데…… 나와 함께 노력했던
그의 시간이 한순간에 물거품이 된 것만 같았다. 나 또한 나만
올림픽에 나간다는 죄책감에 한동안은 멘털을 잡지 못했다. 내
가 끝끝내 포기하지 않고 여기까지 올 수 있었던 건 그 사람 덕
분이었는데, 정작 그는 나갈 수 없는 상황이 되어버렸으니까.

　주위에서는 마음 아픈 일이지만 어쩔 수 없으니 너라
도 올림픽을 즐기라고, 너의 경기를 하라고 말해주었다. 나도
알았다. 내가 할 수 있는 일은 경기에 최선을 다하는 것뿐임
을. 이것이 그에 대한 예의이자 가족들, 응원해주는 많은 사람
들에 대한 도리라는 걸. 하지만 행복할 때마다, 웃을 일이 생길
때마다 나만 이 자리에 있다는 것에 대한 미안함을 떨칠 수가
없었다.

　그런데도 그는 한국 선수들을 응원하러 와주었다. 꿈

에 그리던 무대를 바라보고만 있는 상황이 많이 괴로울 텐데, 그 모든 감정을 삼키고 열렬히 응원하는 모습에 나 역시 최선을 다할 수밖에 없었다.

시간이 흘러 그는 선수생활을 마무리하고 국가대표 지도자가 되었다. 코로나19로 어수선했던 시기, 그는 한국에서 어쩔 줄 몰라 하던 나에게 유럽의 더 큰 무대에 도전할 용기를 심어주었다. 이는 나뿐만 아니라 한국의 여자 스키 선수들이 처음으로 월드컵 무대도 밟아보고, 유럽 대회 투어에도 도전하는 계기가 되었다. 2022 베이징동계올림픽까지 나를 이끌어준 사람도 바로 그였다.

추운 겨울, 가슴 시리도록 힘들었던 순간마다 넌 참 괜찮은 선수라고, 괜찮은 녀석이라고 격려해주던 그의 따뜻한 말 덕분에 지금의 내가 있을 수 있었다. 그와 함께 꿋꿋하게 견디고 버텨냈던 날들을 추억하며 다시금 깨닫는다. 나를 믿어주는 단 한 사람만 있어도 때때로 찾아오는 삶의 겨울을 조금이나마 포근하게 보낼 수 있음을.

트라우마를 깨닫다

"영서는 늘 울고 있어Kang is always crying."

어느 여름, 스키장에서 만난 외국인 친구가 나에게 했던 말이다. 물론 맨날 울진 않았다. 맨날 울상이었을 뿐. 우는 건 Always가 아니라 Sometimes.

선수들이 기문 훈련을 할 때면 스타트라인 주변에서 몸을 푼다. 준비가 끝나면 "아무개, 준비됐습니다"라고 무전을 한다. 그러면 지도자들은 코스에 사람은 없는지 기문은 제대로 꽂혀 있는지 확인한다. 그리고 비디오 촬영 준비까지 마친 뒤 사인을 준다. "코스 클리어." 그럼 선수는 자신의 연습 타이머 번호를 누르고 폴을 스타트라인 앞으로 가져가 눈에 단단히 꽂는다. 준비 완료. 이제 있는 힘껏 박차고 나갈 차례다.

나는 먼저 내려가는 선수들을 지켜보며 어느 기문에서 실수가 나오는지 살피곤 했다. 혹 실수할 만한 곳이 아닌데 실수가 나온다면 눈 상태가 별로인가 짐작해보기도 했다. 그러다 내 앞에 두세 명쯤 남아 있는 무렵이 되면 심장이 쿵쾅거렸다. 그건 부상 때문도 아니요, 장비 문제도 아니요, 다름 아닌 막말을 일삼는 한 사람으로 인한 두려움 때문이었다.

스타트라인에 섰다. "영서, 준비됐습니다." 이 한마디를 내뱉기가 어려웠다. 코스에 그 사람이 서 있는 것만으로도 마음이 무거워지고 누군가 내 심장을 밟고 있는 것처럼 느껴졌다. 어찌저찌 무전을 한 후 타이머를 누르고 폴을 스타트라인 앞으로 가져가면 이내 손마저 덜덜 떨리기 시작했다. '내가 잘 내려갈 수 있을까? 내려가면 또 욕을 먹겠지? 오늘은 또 어떤 참신한 언어로 혼을 낼까?' 등 온갖 생각으로 머릿속이 터질 것 같았다. 이런 마음으로 스타트라인에 선 내가 스키를 제대로 탈 수 있을 리 없었다. 기문을 타는 동안에도 실수가 나오진 않을까, 실수가 나왔다고 불러 세우진 않을까 염려했고, 그 사람이 서 있는 구간을 지나갈 때마다 내게 소리를 지를까 두려워 훈련에 집중하지 못하는 나날이 이어졌다.

알파인스키는 변화 구간에서 특히 정신을 차려야 한다. 평지를 타고 내려가다 경사로 떨어지는 구간, 경사에서 평지로 이어지는 구간, 코스 중간중간의 웨이브들까지. 이런 구간에서 리듬이나 라인을 놓치면 좋은 기록을 내기가 어렵다. 그날은 평지에서 경사로 떨어지기 전 한 구간에서 실수를 연

발했다. 변화 구간인데다가 깊게 턴 해야 하는 구간이라 유독
눈이 많이 팬 곳이었다. 네다섯 번의 시도에도 그 구간을 제대
로 통과하지 못했다. 나머지 기문을 다시 타고 내려가려는데
그 사람이 나를 불러 세웠다.

"야!!!!!"

'하, 올 것이 왔구나.'

나를 앞에 두고 그 사람은 그렇게 탈 거면 스키는 왜
타냐는 둥, 생각은 하고 스키를 타는 거냐는 둥, 그 밖에 수많
은 둥둥둥을 운운하며 윽박질렀다. '아니, 제일 답답하고 속상
한 건 나라고요. 제발 좀 그만하라고, 이 자식아!'라는 말이 목
구멍까지 차올랐지만 잠자코 듣기만 했다. 그런데 그때 마침
근처에 있던 외국인 친구가 보이자 갑자기 눈물이 핑 도는 게
아닌가.

일단 너무 창피했다. '영서 팀 지도자는 선수를 저렇게
대하는구나'라고 생각했을 것 같아서. 그 외국인 친구가 한국
말을 알아듣지 못한다 해도 대충 분위기가 어떤지는 느꼈을
것이다. 그 사람이 나에게 욕을 한다는 것쯤은 누가 봐도 알 수
있을 만큼 코스가 떠나가라 소리를 질렀으니까.

하지만 무엇보다도 눈물이 났던 결정적 이유는 나 자신
에게 화가 났기 때문이었다. 나는 왜 같은 곳에서 실수를 연발

해 자진해서 욕먹을 원인을 제공할까. 그런 생각 때문에 욕먹는 내내 단 한 마디도 하지 못했다. 이런 상황을 막을 힘도 없고 방법도 몰라, 스스로를 지킬 수 없다는 게 가장 힘들었다.

내 눈에 눈물이 그렁그렁 맺히는 동안 룸메이트가 스타트라인에서 출발했다. 룸메이트도 나와 같은 곳에서 실수하자 그 사람은 룸메이트도 불러 세우려 했다. 느낌표 다섯 개짜리 '야' 다섯 번. 그럼에도 룸메이트는 꿋꿋이 마지막 기문까지 다 타고 내려갔다. 고함을 들었는지 못 들었는지는 모르겠지만 룸메이트의 현명한 대응에 한 수 배웠다. 나도 멈추지 말걸.

한동안 나를 깎아내리는 말들을 매일같이 듣다보니 정말 나에게 문제가 있는 것처럼 느껴졌다. 밤에 잠들고 아침에 눈뜨는 것이 두려울 만큼 스키를 신는 것이 괴로웠다. 무엇보다 스키 선수로서뿐만 아니라 한 사람으로서 나의 가치를 의심하게 됐다는 게 심각한 문제였다. 스키를 잘 타야만 사람 대접을 받을 수 있었고 그렇지 못할 때는 무자비하게 비난당했다.

물론 스포츠의 세계는 냉정하다. 이유가 어떻든 간에 실력이 없으면, 성적으로 실력을 증명하지 못하면 살아남을 수 없다. 실력이 곧 선수의 가치인 것이다. 하지만 당시 나는 실력을 증명할 수 없는 상태였고, 그렇기에 억울하더라도 그런 비난을 참아야 한다고 생각했다.

　　그럼에도 그 사람의 언행은 받아들일 수 있는 수준이
아니었다. 그 사람은 선수를 전혀 존중하지 않았다. 만약 선수
로서 나에게 문제가 있다면 어떤 문제인지 정확하게 파악하
고, 어떻게 하면 해결할 수 있을지, 어떤 노력을 더 하면 될지
같이 풀어나가면 될 일이었다. 하지만 그는 오직 선수를 탓할
뿐이었다. 선수의 기량이 좋아지지 않는 데에는 여러 요인이
작용한다. 그럴 때 지도자 또한 자신의 방식을 한번 돌아봐야
할지 모른다.

　　상황이 이렇다보니 외국인 친구가 속해 있는 팀이 부
럽기까지 했다. 친구의 지도자는 기본기 연습을 할 때면 선수
들에게 크라우칭 자세(바람 저항을 최소한으로 받기 위해 웅크려
활강하는 자세)부터 다시 차근차근 알려주었다. "크라우칭 자세
를 취할 때, 시야를 확보하려고 고개를 너무 들어올리면 상체
도 함께 들려 바람 저항이 커진다. 눈을 치켜뜨더라도 고개를
최대한 숙이고 스키와 등을 평행하게 만들어야 한다. 거기서
엉덩이를 조금 더 들면 바람이 자연스럽게 등을 타고 간다."

　　이런 식으로 친구의 지도자는 항상 구체적인 개선 방
법과 정확한 이유를 함께 설명해주었다. 이런 가르침은 힘이
있다. 개선할 수 있다는 확신은 고민하는 시간을 줄여준다. 그

만큼 훈련에 온전히 몰입할 수 있게 되는 것이다.

　　또한 점프를 뛰어야 하는 세부 종목 선수들을 위해서는 작은 웨이브부터 자세를 연습시켰다. "웨이브가 다가오면 호흡을 들이마시면서 조금 일어선다. 그리고 점프가 시작되는 순간 호흡을 내뱉으며 팔을 같이 앞으로 내린다." 친구의 지도자는 선수들이 점프에 자신감을 가질 수 있도록, 뛰어도 안전하게 착지할 수 있다는 믿음이 생기도록, 옆에서 지켜보며 도와주고 기다려주었다.

살다보면 주변에 쓰레기를 던지는 사람들이 나타나곤 한다. 늘 쓰레기를 피할 수 있다면 참 좋겠지만, 어이쿠. 그때는 그만 받아버리고 말았다. 그리고 그 쓰레기를 어떻게 처리할까 고민하다보면 원인을 나에게서 찾을 때가 많았다.

　　하지만 자책은 아무런 도움이 되지 않았다. 나는 이내 마음을 고쳐먹었다. 설사 내가 원인을 제공한 부분이 있을지라도 그 누구도 나에게 쓰레기를 함부로 던질 권리는 없다고. 그럼 어떻게 해야 할까? 우선 쓰레기를 던지는 사람이 있는 곳을 떠나는 방법. 하지만 나의 소중한 꿈과 사랑하는 스키를 그 사람 때문에 포기할 수는 없었다. 다음으로 그 사람을 떠나게 하는 방법. 이것도 어려운 일이었다. 나 외에도 꽤 많은 동료들

트라우마를 깨닫다

이 그 사람 때문에 힘들어했으나 누구 하나 나서지 못했다. 일을 그르쳤을 때 따라올지 모르는 뒷감당이 더 두려웠으니.

결국 내가 선택할 수 있는 방법은 실력을 쌓는 것뿐이었다. 어쩌면 내가 그렇게 기를 쓰고 스키를 잘 타고 싶었던 이유도 나는 쓰레기를 던질 만한 사람이 아니라고, 쓰레기를 던지는 저 사람에게 문제가 있는 거라고, 성적을 통해 증명하고 싶었던 것일 수도 있겠다.

돌이켜보면 어릴 때부터 누군가에게 인정받을 때 내가 사랑받고 있고 그럴 만한 가치가 있는 사람이라 느꼈던 것 같다. 선수생활 동안에도 좋은 성적 없이는 스스로를 가치 있는 사람이라 생각할 줄 몰랐다. 하지만 이제는 안다. 나의 가치는 내가 쌓아가는 것일 뿐이다. 결과가 기대에 못 미치더라도 그 고된 기간을 견디고 있는 것 자체가 값진 것이며, 나 자신의 가치를 의심하게 하는 나를 깎아내리는 타인의 행위가 크나큰 잘못이다.

이후에 외국의 한 스키장에서 그 사람을 다시 만났다. 스타트라인 뒤에서 들려오는 익숙한 목소리와 말투. 그 사람은 내게 했던 말들을 다른 선수에게도 똑같이 내뱉고 있었다. 불현듯 심장이 쿵쾅쿵쾅 뛰기 시작했고 손이 떨려왔다. 아직도 내게 이런 증상들이 남아 있다는 데 놀라며 옆으로 스키를 돌려세웠다.

'나에게도 트라우마라는 것이 있구나.'

여전히 세상에는 쓰레기를 던지는 사람들도 그런 상황들도 너무 많다. 실력만 갖추면 쓰레기를 던지는 사람이 없어질 거라고 생각했지만 아니었다. 그런 사람들까지 내가 전부 바꿀 수는 없다. 쓰레기를 던지든 말든 그냥 받지 않아야 한다. 그렇게 하려면 스스로를 더 아낄 줄 알아야 한다.

물론 그때로 다시 돌아간다고 해도 바꿀 수 있는 건 별로 없을 듯하다. 하지만 나라도 내 편을 끈질기게 들어주고 싶다. 내가 사랑하는 나만의 가치들을 쌓아가다보면 그것들이 결국 나를 지켜주고 빛나게 해줄 거라는 말과 함께. 어쩌면 지금도 스스로를 인정하고 더 사랑해주고 싶어서 열심히 사는 방법을 끊임없이 선택하고 있는 걸지도 모르겠다.

"이봐, 나 이제 안 울어. 아마도?Hey man, I'm not crying anymore, maybe?"

트라우마를 깨닫다

그냥은 그냥 되지 않는다

무릎 수술을 하고 국가대표에 선발된 지 4개월 남짓 지났을 때였다. 아직 정상적인 훈련 일정을 소화할 수 없는 상태였기 때문에 전문적인 재활이 필요했다. 당시 알파인스키 국가대표팀은 선수촌이 아닌 지역에서 훈련중이었지만 아무래도 재활을 하기에는 국가대표 선수촌이 제일 좋을 것 같아 입촌을 요청했다. 그런데 정식 입촌을 하려면 지도자와 선수가 함께 들어가야 한다는 규정이 있었다. 당시 우리 팀은 선수 열한 명에 지도자가 세 명뿐이었기에 나 한 사람을 위해 지도자를 보내줄 수는 없었다. 결국 홀로 태릉 근처에 방을 구해 선수촌으로 출퇴근하게 되었다.

　　선수촌에서 체계적인 지원을 받을 수 있으리라고 기대했지만 현실은 달랐다. 치료실은 이미 선수들로 넘쳐났고, 나는 간단한 마사지나 물리치료만 받을 수 있었다. 월계관이라 불리는 헬스장에는 다양한 종목의 선수들이 지도자들과 함께 땀을 흘리고 있었다. 지도자 없이 혼자 운동하는 선수는 나뿐이었다. 과외를 받으러 들어간 곳이 사실은 프리미엄 독서실이었던 것이다. 선수촌 시설을 이용하며 선생님을 찾아가 조언을 구할 수는 있었지만 재활은 온전히 스스로 알아서 해야 했다.

당시 나의 일과는 단순했다. 시리얼로 아침을 때우고 버스에 올라타 다섯 정거장을 지나 선수촌에 도착한다. 바로 오전 운동을 시작해 선수촌 식당에서 점심을 먹은 뒤, 오후에는 물리치료를 받았다. 그리고 잠깐 휴식한 후 다시 오후 운동을 시작했다. 완전히 혼자 생활해보기는 처음인데다가 서울에 아는 사람도 없고, 국가대표가 된 지 얼마 지나지 않았기에 모든 것들이 낯설었다. 어렸던 나는 혼자 밥을 먹고 홀로 운동을 하며 이방인처럼 겉돌았다.

재활은 시간이 필요한 일, 더 정확히 말하면 시간을 견뎌야 하는 일이다. 보통 수술 후 6개월이면 가벼운 운동 정도는 할 수 있지만 운동선수의 퍼포먼스를 내려면 최소 1년은 필요하다. 전방십자인대를 재건했던 나는 무릎을 펴고 구부리는 각도부터 다시 만들어야 했고, 또 걷기부터 뛰기, 점프까지 천천히 근력을 키우면서 하나하나 다시 연습해야 했다. 무너진 탑을 처음부터 다시 쌓아올리는 지루하고도 지난한 과정이었다.

재활 기간 동안 가장 힘들었던 것은 이유도 방법도 모른다는 점이었다. 통증이 찾아올 때마다 왜 아픈 건지, 어떻게 하면 좋아지는지, 참아야 하는 통증인지 참으면 안 되는 통증인지 아무것도 알 수 없었다. 그렇게 혼란스럽고 불안한 시간을 혼자 보내면서 운동하는 재미와 열정을 조금씩 잃어갔다.

오전 7시 30분에 알람이 울린다. 그때쯤은 일어나야 9시부터 운동을 시작할 수 있다. 하지만 졸음이 몰려온다. 아침 패스. 8시에 다시 알람이 울린다. 또 졸음이 몰려온다. 씻기도 패스. 8시 30분, 다시 알람이 울린다. 잠이란 놈은 정말 강력하다. 그래. 오늘 오전 운동은 10시에 시작하지 뭐. 그렇게 기상 시간이 점점 늦어졌다. 시간이 지날수록 거르는 것들이 늘어났다. 오전 운동 패스, 오후 운동 패스, 그러다 오늘 하루 패스. 무슨 축구선수도 아닌데 계속 패스, 패스, 패스.

스키를 다시 잘 타려면 재활을 잘해야 한다고 생각해 태릉까지 올라온 것이었다. 하지만 국가대표 훈련이나 학교 수업처럼 시작 시간이 정해진 것도 아니었고, 시간을 어긴다고 해서 뭐라고 할 사람도 없었다. 온전히 내 의지로 나를 통제해야 했다. 하지만 갈수록 방에 있는 시간이 늘어났다. 번번이 내가 얼마나 나약한 사람인지 뼈저리게 느끼며 그런 나의 모습에 좌절했다. 무엇보다도 조금이라도 더 나아지기 위해 노력하지 않는 내 모습이 가장 나를 힘들게 했다.

　　나는 운동이 재밌어서 좋았고, 좋아서 잘하고 싶었다. 하지만 아프고 재미가 없어지자 노력도 같이 사라져버렸다. 다시 힘을 낼 수 있는 무언가를 찾아야 할 것 같은데, 그것만 있으면 버틸 수 있을 것 같은데, 좀처럼 방법을 찾을 수가 없었다.

살다보면 방황하는 순간들이 찾아오기 마련이다. 그럴 때 우리는 그럼에도 그 일을 계속해야만 하는 이유를 찾으려 한다. 내가 왜 이렇게까지 열심히 살아야 하는지를 계속 질문하는 것이다. 이 질문에 대한 명확한 답을 찾을 수만 있다면 뭐든지 다 이겨낼 수 있을 것 같다는 절박한 마음으로.

　　나도 그랬다. 무릎 재활을 하면서 이렇게 지루하고 재미없는 일을 앞으로도 계속해야 한다고 생각하니 어떻게 버틸 수 있을지 막막했다. 삶의 의미를 찾지 못해 방황했다. 그리고 계속해서 답을 구하려 애썼다. 하지만 시간이 꽤 지나고서야 알게 되었다. 삶의 의미는 찾는 것이 아니라 내가 만드는 것임을. 그리고 때로는 그 의미를 모르겠더라도 그냥 하는 것이 답이라는 사실을.

　　시간을 조금 빠르게 돌려 2018년 4월, 상담을 받았다.

부상과 수술 이후 오직 평창동계올림픽에 출전하기 위해 안간힘을 써오던 내 마음이 올림픽이 끝나자마자 탈이 난 것이었다. 초면인 선생님 앞에서 눈물콧물 쏙 빼며 구구절절 이야기를 쏟아냈다. 그리고 질문을 던졌다.

"선생님, 일찍 일어나서 미리 준비하면 훈련할 때 무릎이 덜 아파요. 가끔 그러지 못할 때도 있는데 어떻게 하면 잘 일어날 수 있을까요?"

"벌떡 일어나야지."

"그렇죠, 일어나야죠. 근데 저도 모르게 다시 잠들 때가 있어요."

"그래? 그럼 자면 되지."

"선생님, 자면 안 되잖아요. 훈련할 때 안 아프려면 일찍 일어나야 하잖아요."

"그래? 그럼 그냥 일어나."

"……"

처음엔 선생님이 말장난을 하는 줄 알았다. 하지만 몇 초의 정적이 흐른 후 깨달았다. 그토록 간절하게 찾아왔던, 그동안 던진 질문들에 대한 대답이 '그냥'이라는 사실을 말이다. 처음에는 굉장히 허무했다. 바보같이 왜 이렇게 오랫동안 고민했던 걸까. 그냥 좀 했으면 될 것을!

누군가 나에게 초콜릿을 좋아하냐고 묻는다면 "그렇다"고 대답할 것이다. 그 이유를 묻는다면 "달달하니까"라고 대답할 테고, 단 게 왜 좋냐고 묻는다면 "단 걸 먹으면 기분이 좋아지니까"라고 답하겠지. 하지만 '단 걸 먹으면 왜 기분이 좋아지냐'는 질문이 이어진다면……

"그냥 좋다고! 그만 물어봐!"

나는 운동이 왜 재밌는지 스키가 왜 좋은지 모른다. 굳이 이유를 대라면 댈 수는 있겠지만 계속해서 그 이유를 파고들면 끝내 나오는 대답은 똑같다. 그냥. 특별한 이유가 없어도 운동하고 스키 타는 것이 그냥 좋다. 어쩌면 그냥이라는 것이 진짜 특별한 이유일 수도?

다치기 전까지만 해도 노력하는 만큼의 성과가 눈앞에 바로바로 나타났기에, 노력하는 것 또한 즐거웠다. 하지만 반복되는 부상을 통해 비로소 지루하고 재미없는 재활도 겪어내야 하는 것이 운동선수의 숙명임을 알게 되었다. 만약 내가 탄탄대로만을 달려왔다면 스스로 대단히 잘난 사람이라고 착각하며 교만에 빠졌을지도 모른다. 뒤늦게 인생의 더 중요한 순간에 더 많이 좌절하고 방황했을지도.

열여덟 살, 길을 걷다 예상치 못한 돌부리에 걸려 넘어져 왜 넘어졌는지, 돌부리는 왜 하필 그 자리에 있었는지, 어

그냥은 그냥 되지 않는다

떻게 하면 더 잘 일어날 수 있을지 고민하느라 꽤 오랜 시간을 주저앉아 있었다. 그러나 더 잘 일어날 수 있는 특별한 방법은 없었다. 그냥 두 발을 땅에 딛고 일어나면 되는 것일 뿐. 그렇게 일어나보면 생각보다 할 수 있는 일들이 훨씬 많다. 우리는 그냥 지금 여기서, 그 일들을 하나씩 해나가면 된다. 이것이 내가 스키를 타면서 깨달은 삶의 알맹이다.

2장

슬럽
잘 넘어지고 잘 일어서기

슬립
스키장에서 구두로 전해지는 선수들의 용어로,
균형을 잃고 미끄러져 넘어질 때 쓰는 말.

나는야 강길동

"니는 뭐 짐을 하루종일 싸나?"

오랜만에 집에 왔음에도 짐을 싼다며 코빼기조차 보여주지 않던 나에게 친구들이 자주 한 말이다.

"그래, 나 하루종일 짐 싼다. 그래서 뭐! 와서 좀 도와주든가!"

그렇게 한 번, 진짜로 짐 싸는 걸 도와주겠다며 우리집에 온 친구가 있었다. 현장을 목격한 친구의 눈은 그야말로 휘둥그레. 거실이 발 디딜 틈 하나 없이 난장판이었기 때문이다.

"왜, 스키 한두 대에 세면도구랑 옷가지 좀 구겨넣으면 되는 줄 알았나보지?"

"이 정도일 줄은 몰랐지. 무슨 이민 가나."

그렇다. 나에게 크고 작은 이동과 짐을 싸고 푸는 일은 일상이다. 본격적으로 해외 전지훈련을 다니기 시작한 열여섯 살 때부터는 집에 있는 시간보다 밖에 있는 시간이 더 많았다.

열여덟 살에 국가대표에 정식으로 발탁되고 대학교에 가면서부터는 더 바빠져 1년에 한 달 정도 집에 있었으려나. 눈이 녹으면 잠깐 학교를 다니다가 5월에 국가대표 합숙 훈련을 시작하고 여름이 되면 스키를 타러 해외로 나갔다. 그리고 다시 학교에 잠깐 얼굴을 비추고 나면 겨울 시즌이 시작됐다. 몸과 마음의 모든 에너지를 스키장에 다 쏟아내느라 지칠 때쯤이면 봄이 오는, 그런 일상의 반복이었다.

국가대표 선수들은 공식적으로 할 수 있는 합숙 훈련 일수가 정해져 있다. 종목별로 성적에 따라 조금씩 차이가 있는데 체육회가 매기는 등급에 따라 달라진다. 2022년 기준 알파인스키 국가대표팀의 합숙 훈련 일수는 210일이었다. 이에 우리 팀은 훈련 일정을 효율적으로 운영하기 위해 비시즌 체력 훈련 기간을 조정하곤 했다. 해외 전지훈련이나 겨울 시즌에 몰아 쓰려면 훈련 일수를 아껴야 했기 때문이다. 그래도 매달 최소 2주 이상 합숙 훈련을 했다.

　　단 4월은 제외였다. 대체로 3월이면 시즌이 끝나고 5월에 한국 알파인스키 팀 국가대표를 선발하기 때문에 보통 4월이 휴가 기간이다. 물론 휴가 내내 노는 것은 아니다. 공식 훈련이 없을 때면 소속 대학교나 실업 팀에서 훈련했다. 집과

직장이 있는 부산과 학교가 있는 서울을 오갔고, 태릉과 진천의 선수촌 그리고 평창 알펜시아리조트 스키장에 위치한 평창 동계 종목 전용 훈련 시설까지, 그야말로 전국구의 삶이다. 그래서 이동도 짐도 많은 스키 선수들에게는 자가용이 필수다. 나도 돈을 모아 차부터 샀다. 짐을 많이 실을 수 있는 SUV로다가. 차 안에서 보내는 시간이 워낙 많다보니 가끔은 여기가 우리집인가 싶을 정도다.

이렇게 차를 타고 동에 번쩍 서에 번쩍하는 강길동의 삶을 산 지 어언 10여 년. 좋게 생각하면 거처가 다양하고 여러 군데에 있는 것이지만 나쁘게 생각하면 그 어디에도 내가 온전히 자리할 곳이 없다는 뜻이기도 하다. 실제로 그런 떠돌이 같은 삶을 실감하게 해준 해프닝이 있다.

나의 겨울 시즌 베이스캠프는 평창 동계 종목 전용 훈련 시설이다. 2013-14시즌부터 사용해오던 곳으로 현재는 근처에 정식 선수촌이 완공되어 선수들이 입촌해 있다. 가까이에 스키장과 썰매장이 있어 주로 설상과 썰매 종목 선수들이 많이 온다. 이곳은 여름에도 시원해 비시즌 체력 훈련을 위해 찾는 선수들도 많다. 2015년 여름에는 〈무한도전〉 '영동고속도로 가요제'를 선수촌 인근에서 했는데, 날씨가 너무 시원한 나머지 그 당시 줄을 서 있던 동료 옆에서 누군가가 "여기는

야외에도 에어컨을 틀어놓나봐~"라고 했다고. 그럴 리가요~

한국의 겨울은 설상 종목 선수에게는 눈이 있는 귀한 계절이다. 그런 만큼 겨울에는 연말이나 연휴 사나흘, 대회 출국 전 하루이틀 정도밖에 휴가가 없다. 사실 휴가를 받아도 그 시간 동안 개인적으로 스키를 타거나 체력 훈련을 하며 컨디션 관리에 매진한다. 문제의 그날에도 평창에서 머물며 훈련한 뒤 잠자리에 들었다. 오랜만에 꿀잠을 자고 있는데 늦은 밤 갑자기 초인종이 울렸다. '이 시간에 찾아올 사람이 없는데. 혹시 취객인가?' 무서워서 잠시 기다렸다. 다시 울리는 초인종. 그리고 문 두드리는 소리. 쾅쾅쾅! 콘도 프론트데스크에 전화를 하려던 순간, 문밖에서 누군가 나를 부르는 소리가 들렸다. 감독님이었다.

사건의 전말은 이랬다. 휴가 기간이어도 어디를 다녀오기에는 빡빡한 일정이라 나는 되도록 숙소에서 머물렀다. 하지만 당시 우리 숙소는 정식 선수촌이 아니었기에 합숙 훈련 기간 외에는 일반인의 예약을 받았다. 같은 방을 계속 사용하려면 다른 예약이 있는지 없는지를 확인해야 했다. 그런데 행정상 착오가 있었는지 내 방이 예약돼 있다는 것을 뒤늦게 알게 되었다. 지금 당장 방을 빼야 한다며 갈 곳이 있느냐고 묻는 감독님. 나는 생각은 나중에 하기로 하고 일단 짐부터 싸기 시작했다. 냉장고와 욕실에 있는 물품은 비닐봉지에, 장비는 부츠 가방에, 나머지 짐들은 캐리어 몇 개에 대충 때려넣었다. 새벽 2시, 차에 짐을 다 싣고서는 이게 무슨 일인가 잠시 생각했다. 뭐긴 뭐야. 마른하늘에 날벼락이지.

우선 대학교 숙소로 향했다. 하지만 문은 잠겨 있고 친구들은 전화를 받지 않았다. 어쩔 수 없이 나는 친한 동료가 있는 다른 숙소로 차를 돌렸다.

"문 좀 열어줘, 나 지금 문 앞이야."

깜짝 놀란 동료는 나를 안으로 들여 이부자리를 펴주었다. 그리고 무슨 일이냐고 물었다. 어안이 벙벙하면서도 웃긴 내 모양새에 그저 웃었다. "나도 몰라."

다음날 아침, 내가 갑자기 숙소에 나타나자 동료의 팀원들과 코치님들이 당황했다. 그러면서도 일단 아침을 같이 먹자며 밥과 국을 퍼주고 계란프라이를 건네주었다. 그렇게 얼떨결에 그 숙소에서 이틀간 휴가 아닌 휴가를 보내게 되었다.

7~8월 여름 전지훈련, 10~3월 대회 참가를 하느라 해외를 참 많이도 왔다갔다했다. 필요한 장비도 여간 많은 것이 아니다. 스키만 4~6대에 폴, 부츠, 헬멧, 보호대, 스키 정비도구, 스키복, 운동복 등을 챙기면 이미 기본 수하물 무게를 초과한다. 근

나는야 강길동

육을 풀어줄 폼롤러와 도핑 검사로부터 안전한 약들까지 챙기다보면 어느새 또 한 짐이 추가된다. 정말 필요한 것들만 챙기는데 왜 공간은 항상 부족한 것인지.

한번 해외에 나갈 때 짐은 최소 23킬로그램짜리 스키 가방 두세 개에 큰 캐리어 두 개 정도다. 그런데 보통 항공사에서는 23킬로그램짜리 가방 하나까지만 무료로 실어주고 그다음부터는 초과 수하물 한 개당 10~20만 원을 받는다. 기내에 들고 들어가는 짐도 최대한 효율적으로 싸보지만 아무리 요리조리 방법을 궁리해봐도 무조건 두세 개는 오버하게 된다. 내가 생각해도 이건 좀 오버다. 왕복으로 이게 다 얼마인가.

유독 수하물 단속에 엄격한 나라와 항공사들이 있다. 유럽이나 미국, 캐나다 등 많은 나라들을 다녀봤지만 그중 단연 최고봉은 뉴질랜드. 정말 가차없다. 짐을 부칠 때면 단 100그램도 허용하지 않고 23.9킬로그램을 딱 맞춰야 한다. 바늘이 조금이라도 벗어났다 하면 바로, "유 니드 투 테이크 아웃 리틀 빗 플리즈You need to take out little bit, please".

100그램도 못 봐주냐며 속으로 열불을 내지만 겉으로는 아무렇지 않게 티셔츠 두어 장을 빼내 백팩에 넣는다. 그렇게 짐을 다 부치고 결제까지 하고 나면 드디어 수속 끝. 하지만 아직 방심하기엔 이르다. 한국이었으면 한시름 놓았겠지만 여기는 뉴질랜드. 아직 기내 수하물 검사가 남아 있다.

당시 선수들은 백팩 대신 작은 부츠 가방을 매고 들어가곤 했다. 백팩에 비해 조금 부피가 큰 편이라 혹시라도 수속대로 돌려보내진 않을까, 짐을 다시 부치라고 하진 않을까 내심 걱정하게 된다. 게다가 스키 선수들은 검색대에서 꼭 한 번씩은 불려갔다. 스키 정비 기계나 스키 바인딩과 같이 생소한 물건들을 더블 체크하기 위함이다. 어떤 물건인지 물어보던 직원은 애써 정리해 넣은 장비들을 풀어헤쳐 한번 더 확인한다며 가져갔다. 그러고는 다시 돌려주며 하는 말. "올 굿All good." 헤이, 맨. 아저씨 나는 노 굿. 다시 싸야 하잖아요. 그래도 보내줘서 고마워요.

나와 일행들은 다행히 별 탈 없이 잘 들어갔다. 이제 비행기 탑승만 하면 진짜 끝. 하지만 원래 하이라이트는 가장 마지막에 등장하는 법. 비행기 탑승 시작 직전, 공항 직원이 갑자기 기내 수하물 부피가 조금 커 보이는 사람들을 따로 부르더니 목욕탕 체중계처럼 생긴 기계 위에 짐을 하나씩 올리기 시작했다. 기준 무게를 넘을 것 같았다.

덩치가 큰 선수 중에는 상대적으로 가방이 작아 보였는지 그냥 넘어가는 선수들도 있었지만 선수단 대부분이 불려갔다. 점점 다가오는 나의 차례. 아까 백팩에 넣은 티셔츠가 생각났다. 영서야, 방법이 없을지 얼른 잔머리를 굴려보렴.

나는 될 대로 되라는 심정으로 꼼수를 발휘했다. 기계에 가방을 살짝 걸쳐놓고 무게를 재는 직원에게 말을 걸었다. 아저씨와 눈이 마주치면 괜히 해맑게 웃었다. 주위를 다른 데로 돌리려는 나름의 노력이었다. 동시에 가방 밑으로 발을 스윽 집어넣어 가방의 무게를 분산시켰다. 다행히 내 차례를 무사히 넘겼다.

그렇게 웃는 얼굴로 돌아서고보니 앞 사람들이 짐 검사를 당하는 사이 뒤에 있던 동료들은 눈치껏 빠져나가 비행기에 먼저 타버렸다. 내가 행동형 어벙쩡이었다면 그들은 지능형 어벙쩡이었달까. 왠지 낚싯줄의 지렁이가 된 기분. 매도 먼저 맞는 놈이 낫다고 누가 그랬나.

이런 점만 빼면 뉴질랜드는 내가 유일하게 가족들과 다시 와봐야겠다고 생각한 나라다. 맑고 깨끗하고 자연과 사람을 대단히 중요하게 여기는 아름다운 나라. 그래서 과속이나 쓰레기 불법 투기, 심지어 항공 규정까지 더욱 똑 부러지게 단속하는 듯하다. 언젠가 반드시 여유롭게 뉴질랜드를 여행해봐야지. 아, 물론 스키 짐은 빼고.

공식적으로 해외 훈련이나 대회를 다녀오면 출입국 사실 증명서를 제출해야 한다. 문득 내가 몇 번이나 해외에 다녀왔는지 궁금해져 태어나 지금까지의 기간을 모두 조회해봤다. 총 마흔네 번으로 다섯 살 때 닷새간 다녀온 태국 가족여행을 빼면 모두 훈련이나 대회를 위한 출국이었다. 총 1000일이 조금 넘으니 해외 체류 기간이 3년 정도 된다는 얘기. 그렇다고 유창하게 구사할 줄 아는 외국어가 있는 건 아니지만 나름 '감사합니다'의 10개 국어 구사자다.

이중 한 날짜가 눈에 들어왔다. 2017년 10월 28일부터 30일, 3일간 다녀온 기록. 보통 대회를 다녀오더라도 최소 일주일은 걸리는데 이 애매한 3일은 뭐지? 더군다나 겨울 준비로 한창 바쁠 때인 10월이다. 도대체 정체가 뭘까. 이럴 땐 역시 묵혀둔 사진이나 일기장이 톡톡한 역할을 한다. 맞다, 독일. 스키를 가지러 갔었다.

때는 바야흐로 2017 삿포로 동계아시안게임으로 거슬러올라간다. 아시안게임을 한창 준비하고 있던 2016년 10월 오스트리아에서 나는 나에게 맞지 않는 스키 때문에 고생하고 있었다. 이대로 가다간 메달은커녕 완주도 힘들 것 같았고 다른 브랜드의 스키를 마련하자니 당장 스키를 구할 방법이 없었다. 한국에는 내가 원하는 스키가 없기도 했고 무엇보다 테스트를 해보고 싶었다. 이번에도 무턱대고 바꾸었다가 성적이 좋지 않으면 안 되는 실력에 장비 탓만 한다는 소리를 들을 게 뻔했다. 그렇다고 한두 푼이 아닌 스키를 테스트용으로 살 수도 없었다.

어찌할 바를 모르고 망연해할 무렵, 마침 나의 구세주가 나타났다. 그의 이름은 만프레드. 만프레드는 오스트리아 대표 팀에서 선수들의 스키를 관리해주던 서비스맨으로 아시안게임을 대비해 협회에서 섭외한 '찐' 프로페셔널이었다. 그가 오랫동안 함께 일해온 스키 회사의 스키를 테스트해볼 수 있게 해주겠다고 했다. 그것도 무료로! 쉬는 날, 만프레드는 스키 공장에 직접 들러 회전과 대회전용 스키를 각각 한 대씩 준비해줬다. 다행히 원래 타고 있던 스키보다 훨씬 잘 맞았고 당장 내가 원하는 수량만큼 준비해줄 수도 있다고 했다. 가격도 만프레드 디스카운트가 들어간 특별가로. 얼른 이 스키에 적응해서 아시안게임 준비를 해도 시간이 모자랐기 때문에 이 제안을 마다할 처지가 아니었다.

한국에서는 돈 주고도 사기 힘든 등급의 스키를 돈 한 푼 들이지 않고 이리도 쉽게 테스트해보다니. 그의 도움이 한 줄기 빛 같으면서도 유럽에서 스키를 하는 선수들이 많이 부러웠던 기억. 뭐 어쨌든, 그래도 스키를 구한 게 어딘가. 당케 Danke, 당케, 만프레드. 이듬해 2월, 덕분에 나는 다행히 회전과 대회전 각 종목에서 동메달이라는 좋은 성적을 낼 수 있었다.

한국에서 스키를 사려면 1~2월에 미리 주문해야 한다. 그래야 10~11월쯤 수입사를 통해 스키를 받을 수 있다. 나도 2018 평창동계올림픽에 함께할 스키들을 한국 수입사에 요청했다. 스키 문제가 해결되었으니 이제는 몸 관리나 스키 테크닉 향상에만 집중하면 되겠다고 생각했다. 하지만 웬걸, 고래 싸움에 새우 등이 터져버렸다. 정확한 내막은 모르지만 내가 주문한 브랜드의 한국 수입상에게 문제가 생긴 것 같았다. 그래서 수입하는 회사가 바뀌었고 그 과정에서 그해 주문한 스키들이 한국에 들어오지 못하게 되었다. 정말이지 눈앞이 깜깜해지는 순간. 올림픽에, 그것도 자국에서 열리는 올림픽에 가져갈 스키가 없다니. 지금 가진 스키들로 때우는 것도 한계가 있었다. 거기다 만프레드까지 팀에서 나간 상황이었다. 이 사태를 해결하기 위해 나와 같은 브랜드를 사용했던 동료와 함께 머리를 맞댔다.

다행히 인터넷으로 담당자를 찾아 연락하는 데까진 성공했다. 하지만 스키를 받을 방법이 없었다. 올림픽 국가대표 선발과 관련된 대회까지 시간이 얼마 남지 않은 상황이라 해외 배송으로는 기간을 맞출 수 없었다. 올림픽이 코앞인데 스키가 없어 안절부절못하는 상황이라니, 정말 울고 싶었다. 별

다른 방법이 없었던 우리는 직접 독일에 가서 스키를 가져오기로 하고, 스키 회사의 담당자에게 뮌헨 근처에서 하루 묵을 테니 숙소까지만 스키를 가져와달라고 부탁했다. 우리의 딱한 사정에 다행히 그는 흔쾌히 수락해주었다. 한국에서 독일까지 스키를 가지러 오겠다는데 두 시간쯤이야 운전해서 와줄 수 있다는 것이었다.

당시 나는 대학교 기숙사에 살고 있었다. 모든 학생은 외박할 때 사감실에 외박증을 제출해야 했는데, 그렇게 나는 당분간은 유일무이할 외박증 기록을 남기게 되었다.

부 명: 스키부

이 름: 강영서

기 간: 2017년 10월 28~30일

행선지: 독일 뮌헨

사 유: 스키 픽업

동료와 인천국제공항에 도착해 수속을 마치고 열두 시간 가까이 날아가 도착한 숙소. 갈 때는 그나마 괜찮았지만 담당자를 만나 스키를 방으로 옮기고 정성스레 짐을 싸고 나니 완전히 기진맥진했다. 새벽 3시가 조금 넘은 시각. 짐을 싸면서 에너지 드링크와 감자칩으로 허기만 달랜 채 씻고 기절한 우리는 돌아오는 비행기를 탈 때가 돼서야 제대로 된 식사조차 하지 못했다는 것을 깨달았다.

"그래도 독일까지 왔는데 슈니첼이라도 먹고 갈까?"

그렇게 먹은 뮌헨공항에서의 슈니첼 맛을 잊을 수가 없다. 이후에 뮌헨공항에 갈 일이 있어 다시 슈니첼을 먹어봤지만 내 기대에 미치지 못했다. 아마 그때보다는 좀더 상황에 여유가 있었기 때문 아니었을는지.

세상에서 가장 좋아하는 음식은 당연히 엄마가 해주시는 집밥이다. 하지만 가장 맛있는 음식이 뭐냐고 묻는다면 아마도 이렇게 대답하지 않을까. 눈물나게 고생하고 난 뒤에 먹는 밥이라고.

2아웃만은 막아야 한다

저녁식사 후 따뜻하게 샤워를 마친 뒤 책상에 앉았다. 자 오늘은 무슨 이야기를 한번 써볼까나. 마침 읽고 있던 책에서 요리에 관한 이야기가 나오던 참이었다. 운동선수들에게 먹는 이야기라 하면 또 도핑이 빠질 수 없지. 글로 써볼까? 하고 생각하는 순간 벨이 울렸다.

"누구세요?"

"도핑 검사관입니다."

헐, 타이밍 보소! 도핑 검사는 검사관이 선수에게 검사 대상자로 선정되었음을 알리고 소변 또는 혈액 시료試料를 채취할 것이라는 사실을 통지하며 시작된다. 선수는 통지를 받은 순간부터 항시 검사관과 동행해야 하고 검사를 회피하거나 거부해서도 안 된다. 나는 한국도핑방지규정에 따라 선수의 권리와 의무를 확인한 뒤 동의서에 사인했다.

나는 RTPRegistered Testing Pool 대상자다. RTP란 우수한

경기력 등의 사유로 국제경기연맹IF 또는 한국도핑방지위원회KADA에서 지정한 선수 명단이다. 여기 포함된 선수들은 세계도핑방지규약 및 한국도핑방지규정에 따라 매일의 소재지 정보를 제공해야 한다. 언제 어디서든 도핑검사를 받을 수 있도록 미리 세계도핑방지기구WADA의 도핑방지행정관리시스템ADAMS에 나의 소재지 정보(시간과 장소)를 입력하는 것이다.

이를테면 4분기(10~12월)까지의 소재지는 해당 분기 시작 전인 9월 15일까지 입력을 마쳐야 한다. 소재지 정보는 분기 내 모든 일자의 야간 거주지 상세 주소, 훈련 또는 기타 정기 활동 정보, 참가 예정인 경기 일정, 그리고 모든 일자별로 검사가 가능한 '특정 60분' 단위시간을 입력해야 한다. 만약 기한 내에 입력하지 못하면 소재지 정보 불이행으로 1아웃이 된다.

나는 일단 집으로 소재지를 입력한 뒤 국가대표 합숙 훈련이나 출국 일정이 확정되는 대로 정보를 변경하고는 했다. 외국에서도 마찬가지다. 여행중이나 휴가중이어도 예외는 없다. 현지 도핑방지위원회에서 언제 찾아올지 모르기 때문에 항상 정확한 동, 호수까지 주소를 입력해야 한다. 그리고 오전 5시부터 오후 10시 사이에 내가 검사를 받을 수 있도록 도핑검사관이 방문할 수 있는 장소에 '특정 60분'을 지정해놓아야 한다. 내가 입력한 특정 60분 단위시간에 지정된 장소에서 검

2아웃만은 막아야 한다

사를 받지 못하는 경우에는 '검사 불이행'으로 1아웃이 될 수 있다. '제출 불이행'과 '검사 불이행'이 12개월 동안 총 3회, 즉 3아웃이 되면 도핑방지규정 제2.4항 위반으로 최대 2년의 자격 정지가 부과될 수 있으니 각별히 조심해야 한다.

보통 저녁 약속이 있는 날이면 그날은 이른아침으로 시간을 정해둔다. 그러면 하루를 일찍 시작할 수 있어 좋고 화장실에 바로 갈 수도 있으며 저녁에 마음 편히 있을 수 있으니 일석삼조다. 하지만 반대로 이른아침에 일정이 있으면 밤 10시쯤으로 해놓는다. 그때는 거의 집에 있을 시간인데다 화장실에 가기에도 더없이 좋은 타이밍이다. 이런 이유로 이번에도 오후 10시를 입력해두었는데 검사관이 내가 저녁 먹고 샤워를 마친 후인 8시 30분에 와버렸다.

시간에 예민한 이유는 바로 소변검사 방식 때문이다. 검사에는 소변검사와 혈액검사가 있다. 한 번에 하나의 시료만 채취하기도 하고 둘 다 채취하기도 하는데, 선수는 검사관이 보는 앞에서 직접 소변 시료를 채취하고 혈액 시료는 적절한 자격을 갖춘 혈액채취요원이 채취한다. 대체로 혈액 시료 채취를 먼저 하는데 채취 키트를 선수가 선택하고 키트의 고유번호들이 일치하는지 확인되면 혈액채취요원이 피를 뽑는다. 병에 채취한 시료를 봉인하면 거의 끝. 이어 헌혈이나 수혈

여부 등을 조사하고 혈액검사의 종류에 따라 높은 고도에서 훈련을 한 적이 있는지, 두 시간 내 고강도 훈련이 있었는지, 혈중 산소포화도에 참고할 만한 사항들까지 확인하고 나면 검사가 마무리된다.

소변검사는 다르다. 항상 준비되어 있는 혈액과는 달리 소변은 늘 준비 완료 상태가 아니니까. 당연히 민망한 게 첫 번째다. 일단 소변검사는 성별에 상관없이 하의는 무릎, 상의는 명치까지 걷어올려야 한다. 그리고 시료를 채취하는 광경(?)을 동성 검사관이 직접 감독한다. 중학생 때부터 해왔지만 좀처럼 익숙해지지 않는 일이다. 그럴 때마다 마음속으로 되뇌는 주문. 나는 프로다, 나는 프로다.

이날은 둘 다 채취하는 날이었다. 긴장하면 소변을 보기가 더 힘들어지기 때문에 세면대 물을 틀어 자연스러운(?) 분위기를 조성했다. 검사관도 한 발짝 뒤로 물러나준다(그래도 목표물은 놓치지 않는다). 여태까지는 금방 성공하는 편이었는데 하필 화장실을 다녀온 직후에 검사관이 도착하는 바람에 이날 처음으로 실패했다. 이런 상황이 연출되면 선수도 난감하지만 검사관도 곤란하기는 마찬가지다. 대부분 괜찮다고 격려해주시지만 이왕이면 빨리 끝내는 편이 서로에게 좋다. 그렇다고 물을 너무 많이 마시면 분석에 필요한 적정 농도가 안 나올 테고,

또 충분히 기다리지 않으면 필요 용량을 채우지 못할 수도 있으니 시간을 가져야 한다.

얘기를 들어보면 내 경우는 약과다. 이날 만난 검사관의 최장 기록은 일곱 시간이라고 했다. 시합을 앞두고 체중을 조절하고 있는 체급 종목 선수를 검사하러 갔을 때란다. 이런 선수들은 시합이 다가오면 수분 섭취도 엄격하게 조절한다. 결국 저녁식사도 함께하고, 야간 운동도 같이 가고, 소변이 나올 때까지 선수의 스케줄에 맞춰 동행하다보니 일곱 시간이 걸렸다고.

이런저런 이야기를 하다보니 벌써 11시가 다 되어갔다. 물도 2.5리터나 마셨다. 이제 슬슬 시도해봐도 되지 않을까? "검사관님, 저 준비된 것 같아요."

도핑 검사는 운동선수에게는 당연히 해야 할 의무다. 금지약물로부터 선수들을 보호하고 모든 선수들이 대회에 공정하게 참여할 권리를 지키는 중대한 일이다. 그래서 국가대표가 아니더라도 선수라면 누구나 검사 대상자가 될 수 있다. 내가 처음 검사를 받았던 것도 중학생 때였다.

대회가 끝나면 선수들은 보통 기록부터 확인한다. 그리고 남은 대회를 구경하면서 코치님과 스키복을 기다린다.

몸에 딱 달라붙는 얇은 슈트(경기복)만 입고 경기하기 때문에 대회를 마치고 나면 온몸이 오들오들 떨린다. 보통은 출발지점에서 벗어놓은 옷을 아래까지 내려다주시는 분이 있어, 선수들은 옷을 입고 피니시존에서 어슬렁거리거나 응원 온 지인들과 이야기를 나누곤 한다. 그럴 때 방송에서 "중등부 1, 2위. 고등부 1, 2위. 대학부 1, 2, 3위"하고 대개 상위 랭커를 도핑관리실로 부른다.

나도 국가대표가 되기 전까지는 대회 직후 순위로 선정되어 불려갔다. 대표 팀에 선발된 후에도 표적이든 무작위든 합숙 훈련중에만 검사를 진행했다. 그런데 RTP에 포함되고 나니 정말 예상치 못한 순간에 시시때때로 도핑 검사를 받게 되었다.

한번은 부산 광안리 해수욕장을 찾았다. 2022 베이징 동계올림픽이 점점 다가오자 압박감도 커지고 생각이 많아지던 시기였다. 내가 할 수 있는 것에만 집중해야 한다는 사실을 알지만 자꾸만 여러 생각이 꼬리에 꼬리를 물고 늘어졌다. 이럴 때일수록 움직여야 한다는 생각에 늦은 저녁, 취업 준비로 힘들어하던 친구에게 같이 산책이나 하자며 전화를 걸었다. 그러다 문득 바다가 보고 싶어 광안리로 출발했다. 부산에 널리고 널린 바다 중 나는 광안리를 가장 좋아한다. 특히 밤에 보는 광안대교는 시시각각 색이 변해 무척이나 아름답다. 우리는 해변가를 따라 걷다가 모래사장 위에 돗자리를 깔고 앉았다. 파도소리를 들으며 아무 생각도 하지 않는 시간. 가끔 이렇게 '물멍'을 때리다보면 머리도 마음도 조금은 비워지는 기분이 든다. 비록 당장 문제를 해결할 수는 없지만 잠깐이나마 복잡하고 어지러운 생각들에서 벗어날 수 있다. 그날도 그렇게 모처럼 여유를 즐기고 있는데 갑자기 엄마한테 전화가 왔다.

"영서야, 도핑 검사하시는 분 오셨는데?"

"뭐? 야, 뛰어!"

친구와 나는 돗자리를 대충 구겨서 들고는 차로 전력 질주했다. 광안리에서 우리집까지는 적어도 사십 분. 한 시간 이내에 도착하지 못하면 1아웃이었다. 다행히 이날은 엄마에게 바로 연락을 받은 덕분에 늦지 않을 수 있었다. 하지만 이것이 끝이 아니었다.

겨울 시즌을 마치고 극장에서 영화 〈탑건〉(2022)을 보고 나올 때였다. 오후 10시 55분에 모르는 번호로 전화가 왔다. 싸한 느낌, 일단 뛰면서 전화를 받았다. "선수님, 어디신가요?"

"저 지금 뛰어가고 있습니다! 얼른 가겠습니다! 죄송합니다!"

무릎 수술 때문에 정신이 없던 와중 차마 소재지 변경

을 하지 못해 1아웃이 적립된 상태였다. 이번에 늦으면 2아웃, 그럼 곧 3아웃이다. 여유로운 1아웃과는 달리 2아웃은 무조건 막아야 했다. 설마가 사람을 잡는다고, 며칠 전에 검사를 받은 터라 너무 방심했다. 나는 전화기를 붙든 채로 사력을 다해 뛰어갔고 간신히 시간 내에 도착할 수 있었다.

시료에서 금지약물이 검출되면 기본 4년 선수 자격 정지다. 고의가 있든 없든 적발되면 무조건 선수 본인의 책임이다. '모르고 먹었다' '의사가 괜찮다고 했다' 같은 변명은 일절 통하지 않는다. 그래서 내 몸으로 들어가는 것이라면 직접 일일이 확인해야 한다. 방법은 어렵지 않다. 한국도핑방지위원회 홈페이지에서 금지약물을 검색해보면 된다.

　　다행히 요즘은 초등학생부터 도핑 교육을 받는다고 한다. 하지만 내가 어렸을 때만 해도 도핑의 심각성을 인지하지 못했다. 아빠가 지어준 한약을 성분 확인도 해보지 않고 먹거나, 아파서 보건실에 가면 보건 선생님이 주는 약들을 그냥 입에 털어넣었다. 지금 생각해보면 아찔한 일이다.

　　금지약물은 경기중일 때 먹으면 안 되는 '경기 기간 중' 금지약물과 경기중이 아니어도 먹으면 안 되는 '상시' 금지약물이 있다. 운동선수들이 많이 먹는 진통 소염제나 근이완제는 다행히 대부분 괜찮다. 긴급 상황이나 수술을 해야 하는 경우도 치료목적사용면책TUE을 신청할 수 있다. 생명이 위급한 상황에서 금지약물을 어쩔 수 없이 사용해야 하는 경우는 면책해주는 것이다.

진짜 골치 아픈 녀석은 따로 있다. 바로 감기. 특히 콧물, 가래와 관련된 약물에는 금지 성분이 거의 다 포함되어 있다. 선수촌 의사 선생님께 여쭤보니 그 약물들은 숨구멍을 확장시켜 대사를 촉진하고 불순물들을 빨리 배출하는 효과가 있단다. 나는 숨구멍을 인위적으로 확장시키면 안 되는 사람이라 먹으면 안 된다고. 감기 몸살로 앓아눕는 것도 서러운데 한번 걸리면 빨리 낫지도 못한다.

스키는 워낙 춥고 건조한 곳에서 하는 스포츠라 자칫 방심하면 쉽게 코가 막히고 편도가 붓는다. 호흡이 불편하면 컨디션이 떨어지고 그러다보면 어느새 열이 나기 시작한다. 도미노처럼 순식간에 감기 증상이 몸 전체에 퍼지는 것이다. 그래서 나는 항상 수건을 적셔 TV와 침대 위에 널어놓거나 차를 마시며 몸을 따뜻하게 해주는 등 예방에 신경쓴다. 갖은 애를 쓰고도 감기를 못 막을 때는 어쩔 수 없다. 그분이 오시기 전에 미리 쉬는 수밖에.

특히 해외에 나가면 예방에 더 주의한다. 어렵게 나간

훈련이라고 무리하면 자칫 일주일을 쉬게 될 수도 있다. 그나마 한국이라면 수액이라도 맞을 수 있지만 해외에서는 불안해서 함부로 주사를 맞을 수도 없다. 맞으려면 현지 국가 도핑방지위원회의 금지약물을 검색해야 한다. 독일어, 프랑스어, 이탈리아어 등으로 적힌 홈페이지를 눈 빠지도록 보느니…… 불안해서 그냥 안 먹고 만다. 하루의 휴식으로 일주일의 훈련 시간을 벌 수 있다면 그냥 쉬어 가는 편이 현명하다.

이렇듯 복용할 수 있는 약이 제한되면 몸 관리에 더욱 예민해질 수밖에 없다. RTP도 마찬가지다. 언제, 어디서나 검사할 수 있다는 점이 도핑에 대한 경각심을 강화하고 스스로를 더 철저히 관리하게 만든다. 물론 일정이 바뀔 때마다 소재지를 변경하는 일은 꽤나 번거롭지만 내심 기쁜 일이기도 하다. 한편으로는 눈여겨봐야 하는 선수가 됐다는 뜻이니까.

그래서 이날도 많~이 민망하긴 했지만 최선을 다해 검사에 응했다. 마침내 시료 채취가 끝나 떠나는 검사관님을 배웅하며 물었다.

"참, 검사관님. 근데 오늘은 왜 이렇게 일찍 오셨어요? 검사 시작 시간 10시 아닌가요?"

"아, 그게 오늘은 특정 60분 내 검사가 아니고 특정

60분 외 검사라서 그래요. 이런 경우에는 60분 내에 시료 채취에 실패하더라도 1아웃은 아닙니다."

"아…… 그렇군요. 조심해서 들어가세요."(꾸벅)

매운 새우깡 정신

뽀시래기 시절, 겨울 시즌에 꼭 몸살이 났다. 국제 대회에 참가할 수 있는 나이가 되자마자 부상을 입고, 올림픽에 다녀와 바로 수술을 했기 때문에 제대로 된 겨울 시즌 일정을 소화해본 적이 없었다. 그전까지는 국내에서의 경험만 있을 뿐, 겨울 시즌 중간중간 해외로 대회를 뛰러 나가는 일정이 아예 없었던 것이다. 그러다보니 국가대표가 되고나서부터는 체력이 부치는지 매년 한 번은 앓았다.

　　비시즌 동안 죽어라 체력을 단련하고 해외로 설상 훈련을 다니는 이유는 오직 겨울에 있는 대회를 위해서다. 그런데 겨울에 아프기라도 하면 그동안 해온 나의 노력이 물거품이 된다. 중요한 대회에서의 기회를 놓치는 것, 내가 놓친 기회를 다른 선수들이 잡는 모습을 지켜봐야만 하는 것, 이것만큼 선수로서 가슴 아픈 일이 또 있을까. 그래서 겨울 시즌에는 결코 아파서는 안 된다. 물론 마음대로 되는 일이 아니지만 할 수 있는 한 최상의 컨디션을 유지하려 노력한다.

선수들이 가장 힘들어하는 훈련 프로그램 중 하나는 인터벌 트레이닝, 쉽게 말해 전력 질주다. 언덕을 달리면 언덕 인터벌, 트랙을 달리면 트랙 인터벌, 자전거로 달리면 자전거 인터벌이라 부른다. 이중 내가 그나마 선호하는 것은 트랙 인 터벌이다. 언덕은 트랙에 비해 속력이 많이 떨어져 나 자신이 불만족스럽고, 자전거는 주로 선수촌 내 고정 바이크에서 훈련 하다보니 제자리에서 용을 쓰는 것이 너무 답답하다. 특히 나 는 다리가 숨을 못 따라가 다리가 먼저 퍼지는 경우가 많다. 그 나마 전체적으로 밸런스가 잘 맞는 게 트랙 인터벌인 것이다.

우리는 주로 200미터와 400미터 코스로 트랙 인터벌 훈련을 한다. 400미터 인터벌인 경우 보통 10회 정도 진행하 는데 동적 스트레칭, 달리기, 코어 운동 등으로 가볍게 웜업을 해준 뒤 메인 프로그램에 들어간다. 훈련일 뿐이지만 얼마나 힘들지 빤해 시작하기도 전에 긴장이 되고, 트랙을 도는 내내 숨이 턱 막히며 가슴은 답답해진다. 하지만 끝까지 잘해냈을 때는 가슴이 뻥 뚫린다. 속이 다 시원해지는 것이 은근히 중독 적이랄까.

처음에는 400미터 인터벌을 3회만 진행해도 바닥에 널 브러지곤 했다. 훈련이 부족한 탓이었다. 부산에서 훈련할 때는 트레이너가 없어 혼자였기에, 강변도로를 숨이 꼴딱꼴딱 넘어갈 때까지 뛰다보면 속도도 점점 느려지고 휴식 시간도 점차 길어졌다. 집에 들어가고 싶은 욕구가 솟구칠 때마다 목표와 현실을 타협했다. 천천히 해도 괜찮으니 충분히 쉬라고, 대신 끝까지 하라고. 하지만 국가대표에 선발되고 나서부터는 타협 따위 할 수 없었다.

　트랙 인터벌을 할 때면 심박수가 190~200비피엠BPM이 될 때까지 전력을 다하는 것도 힘들었지만, 결정적으로 회복이 되기도 전에 출발하는 것이 고역이었다. 보통 120비피엠 정도가 회복된 상태라고 보는데 150~160비피엠을 웃돌고 있는데도 출발해야 했다. 그간 중간중간 충분히 쉬면서 해오다가 내리 뛰기 시작하니 몇 번 하지도 않았는데 속이 메스껍고 어지러웠던 것이다. 해는 또 왜 이리 내리쬐는 건지.

　그렇게 기진맥진한 상태로 방에 들어오는 날엔 씻고 먹고 바로 누워 숨만 쉬었다. 훈련 시간 외에는 그 어떠한 체력 소모도 하고 싶지 않았다. 겨울에도 마찬가지였다. 대회 일정이 엿새 동안이면 나흘째부터는 점점 퍼지기 시작했다. 체력 비축을 이유로 틈만 나면 드러눕기 바빴다.

　이런 스케줄을 몇 해 동안 반복하다보니 휴식에 집착하게 되었다. 조금이라도 컨디션이 떨어질라치면 지레 겁을 먹고 하루를 더 쉰다거나, 쉬는 날엔 되도록 움직임을 최소화했다. 최대한 체력을 아껴야 훈련할 때 다시 에너지를 쏟아부을 수 있다 생각했다. 나의 오랜 치료사 선생님을 만나기 전까지는.

평창동계올림픽 직후 나는 왼쪽 무릎 추벽증후군을 비롯해 슬개건염을 앓았다. 가벼운 유산소운동 정도는 가능했지만 의자에 앉을 때와 쪼그려앉을 때 통증이 심했다. 그래서 트랙 인터벌보다는 자전거 인터벌로 진행했고, 근력운동은 상체 위주로 대체했다. 그런데도 무릎이 좋아지지 않자 이번에는 운동량과 강도를 줄였다. 물리치료도 받고 주사도 맞고 약도 먹었다. 그럼에도 통증은 가라앉을 기미조차 보이지 않았다.

이럴 때가 정신적으로 가장 힘들다. 어떻게 해도 좋아지지 않을 때, 그리고 어떻게 해야 좋아지는 건지 모르겠을 때. 방법을 알면 할 수 있는 것들이 생기지만 방법을 모를 땐 그야말로 눈앞이 깜깜해진다. 스키를 타야 하는 시간은 점점 다가오는데 허송세월하고 있는 것 같고, 나 자신이 얼마나 부상 앞에 무력한지 마주하는 일은 매번 사람을 미치게 만들었다. 그렇게 내가 부상의 늪에서 허우적거릴 때마다 나를 건져올려주신 선생님이 있다. 나의 통증을 어떻게든 낫게 해준 치료사 선생님이다.

선생님은 2014년에 평창에서 처음 만났다. 그때는 어렸고 수술도 처음이라 신경이 곤두서 있어 세상을 보는 시야가 오직 무릎으로 좁혀져 있었다. 선생님이 무릎과 상관없어 보이는 코어와 밸런스 훈련을 시키면 군말 없이 따라 하기는 했지만 왜 해야 하는지는 이해하지 못했다. 지금은 무릎, 발목, 허리, 고관절 등 선생님의 손이 닿지 않은 곳이 없다. 오죽하면 선생님께서 나를 새우깡이라고 부르셨을까. 손이 가요, 손이 가. 손이 많이 간다고 '새우깡영서'였다.

선생님은 먼저 긴장된 근육을 이완시켜 통증을 가라앉힌 후, 통증의 원인을 파악하기 위해 몇 가지 동작을 시켜 통증의 정도와 변화를 점검했다. 신기하게도 이 동작을 하면 운동 후 통증이 줄어들었다. 이것이 운동 치료의 첫 단계다.

선수들은 신체를 발달시키기 위해 몸을 과하게 사용해 근육에 상처를 낸다. 소위 '알배긴다'고 할 때 느끼는 고통은 근육에 난 상처 때문이다. 그렇게 근육들은 그 상처를 회복하면서 성장한다. 하지만 몸을 과하게 사용하다보면 더 자주, 더 깊게 상처 나는 근육들이 생기기 마련이다. 그러다보면 그 근육 주위의 인대나 힘줄도 영향을 받게 되는데 내 왼쪽 무릎이 아픈 이유도 이와 같았다. 오른쪽 무릎을 수술한 후 무의식적으로 왼쪽 무릎을 더 많이 사용하다보니 이런 움직임이 습관이 되었고, 왼쪽 무릎 주변 근육에 자극이 가중되어 결국 탈이 났던 것이다. 보통 이럴 때는 물리치료나 마사지 등으로 살살 달래주지만 사실 이것이 근본적인 치료가 되는 것은 아니다.

근본적인 치료를 하려면 한곳에 몰리는 힘을 분산시켜야 하는 동시에 몸이 그 충격을 받아낼 수 있어야 한다. 그런 몸을 만들기 위해서는 그곳에 왜 충격이 많이 가는지 알아내야 하는데, 선생님은 그런 근육과 움직임의 패턴을 귀신같이 집어냈다. 성난 근육들은 찾아내 달래주고 제 기능을 하도록 강화시켜야 하는 근육들은 아주 혼쭐을 냈다. 그렇게 몸의 근육과 움직임의 전체적인 밸런스가 맞아들어가자 통증은 점점 줄고 무릎이 견딜 수 있는 강도 또한 높아졌다.

선생님과 운동을 하며 어느 정도 회복한 나는 차차 국가대표 훈련 일정으로 복귀했다. 그때 선생님이 내게 내린 처방은 단 하루도 쉬지 말라는 것, 더 정확히 말하면 쉬는 날도 움직이라는 것이었다. 열여덟 살의 나였다면 아마 말도 안 된다고 생각했을 것이다. 하지만 그간 선생님과 함께해온 시간으로 확신하게 됐다. 어떤 부상이라도 선생님과 함께라면 괜찮아질 거라는 확신. 그래서 일단 움직였다.

처음에는 당연히 힘들었다. 선생님께 투덜대기도 했다. 근육도 쉬어야 성장을 하는데 어떻게 사람이 하루도 안 쉬고 운동을 할 수 있냐고. 그때마다 돌아오는 대답은 간단했다.

"힘들어? 그럼 그냥 계속 아파~"

그렇게 겨울 시즌 시작 전, 약 석 달간을 하루도 쉬지 않았다. 오전 오후로 메인 훈련 일정을 마치고 나면 저녁에는 기본적으로 폼롤러와 스트레칭으로 무릎을 달랬고, 이후에는 선생님께 받은 프로그램으로 틈틈이 몸의 밸런스를 맞춰갔다. 주말에도 한 타임씩은 꼭 운동을 했다. 의외였던 건 생각보다 할 만했다는 것. 아프기 싫은 마음에 오기 한 스푼을 더하니 버틸 수 있었다.

이렇게 비시즌 체력 훈련을 하고 눈에 띄게 좋아진 것이 있다. 바로 회복력이다. 일단 사고방식부터 달라졌다. 석 달 동안 하루도 쉬지 않고 운동을 하다보니 아무리 힘든 일정이라도 버틸 수 있다는 자신감이 생겼다. 실제로 그해 겨울은 생에 처음으로 무탈하게 보낸 시즌이기도 하다. 이듬해 인터벌 훈련을 할 때도 마찬가지였다. 400미터 전력 질주는 여전히 힘들었지만 정해진 휴식 시간 내에 심박수가 정상범위로 돌아왔다. 제때 출발하고 제때 들어오는, 꽤 만족스러운 완주를 하게 된 것이다.

물론 신체적으로든 정신적으로든 사람이 견딜 수 없을 정도로 충격을 받았을 때는 쉬어야 한다. 하지만 어느 정도 시간이 지나고도 회복되지 않는다면 몸을 움직여야 한다. '멘붕' 상태가 되어 찾아가던 나에게 선생님께서 늘 해준 말이 있다. 괜찮다고, 다 지나간다고. 힘들다고 누워 있고 아프다고 안 하면 그 상태를 극복할 수 있는 순간은 영영 오지 않는다고.

　　400미터 인터벌 후 다음 400미터를 위해 열심히 걷고, 피로를 풀기 위해 스트레칭을 하고, 겨울 시즌 중 아무리 힘들어도 컨디션을 위해 운동은 꼭 하는 것. 그래야 힘든 일정도 버틸 수 있는 선수가 된다는 것을 몸소 깨닫고 선생님께 더이상 투덜거리지 않게 되었다. 이제 나, 매운 새우깡 정도는 되었으려나?

재능의 함정

"영서는 스키를 제일 못하잖아."

내가 오빠들 틈에 끼어 축구를 할 때마다 자주 듣던 말이다. 스키 선수에게 스키를 제일 못한다는 말이 곱게 들리지 않을 법하지만, 실은 웬만한 운동은 다 할 줄 알고 무슨 운동이든 빨리 배우는 나의 운동신경을 칭찬하는 의미였다. 처음엔 운동신경이 좋다는 말에 기분이 좋았지만 어느 날 문득 그런 생각이 들었다. 나 정도 운동신경이면 스키를 더 잘 탈 수 있는데, 지금보다 더 잘 타야 하는데, 과연 지금 내 실력이 나의 최선일까 하는.

나는 어렸을 때부터 생각하는 대로 몸을 움직일 수 있었다. 예를 들어 골대에 공을 넣을 때, 단번에 성공하지는 못해도 발로 차든 손으로 던지든 원하는 위치로 공을 보내는 것이 가능했다. 헬스장 아저씨들을 따라 탁구를 치든 오빠를 따라 포켓볼을 치든 배우는 데 오랜 시간이 걸리지 않았다. 채를 잡고 이렇게 하면 되겠지, 몸을 저렇게 움직이면 되겠지 하고 시도하면 정말 그렇게 되었다. 그러니 무슨 운동이든 재밌을 수밖에 없었다. 운동은 늘 잘했고 언제나 칭찬만 받았으니까.

그렇게 수많은 운동 중에 가장 오랫동안 해왔고 가장 많은 칭찬을 받은 스키로 최고가 되어보겠다는 꿈을 가졌을 때 나는 생각했다. 당연히 힘들고 어렵겠지만 타고난 운동신경이 있으니 열심히 노력만 하면 가능할지도 모른다고. '된다, 된다' 생각해도 될까 말까니까 이왕 하는 거 무조건 된다고 믿자고 말이다.

이후 나는 정말 빠른 속도로 성장했다. 국가대표에 정식 발탁되기도 전에 올림픽 출전권을 따낸 것이 대표적인 예다. 물론 올림픽을 눈앞에 두고 부상을 당하긴 했지만, 부상을 입은 채로 올림픽에 나갈 수 있었던 것은 그만큼 대외적으로 장래성을 인정받았다는 의미였다.

하지만 수술 이후부터 문제가 비엔나소시지처럼 줄줄이 일어나 상황이 꼬이기 시작했다. 오른쪽 무릎 수술을 하고 4주 동안은 목발을 짚어야 했기에 제대로 움직일 수 없었다. 몸은 있는 대로 무거워졌고 재활은 또 어찌나 재미가 없던지. 그러나 진짜 문제는 따로 있었다. 바로 몸의 밸런스가 깨져버렸다는 것. 수술이 잘못된 건지 재활이 잘못된 건지 모르겠지만 어쨌든 왼쪽 고관절에 비해 오른쪽 고관절이 많이 굳어버렸다. 처음 수술했을 때는 오른쪽 무릎에만 정신이 팔려 잘 몰랐지만 시간이 지날수록 수술 부위만 문제가 아니라는 사실이 드러났다. 다른 관절들도 점점 고장나기 시작했다.

일단 스키를 타면 한 달에 한 번꼴로 허리를 삐었다. 허리는 한번 삐끗하면 누워도 앉아도 일어서도 아픈, 정말 골치 아픈 녀석이다. 한번 삐면 최소 2~3일은 꼬박 쉬면서 치료받고 이후 3~4일 정도는 재활 운동을 해줘야 다시 스키를 신을 수 있었다. 그러다보니 점점 소극적으로 스키를 타게 됐다. 한 번 삐면 일주일이나 스키를 못 타니까 행여 다시 삐지는 않을까 하는 불안함에 예전처럼 과감하게 스키를 타지 못했다. 왼쪽 발목과 무릎도 문제였다. 오른쪽 무릎, 오른쪽 허리에 통증이 생기니 몸에 골고루 분산해 받아야 하는 외력이 왼쪽에 쏠렸다. 왼쪽 발목은 재수가 없어 다쳤다지만 왼쪽 무릎은 평소처럼 운동을 하다가 정말 난데없이 통증이 생겼다. 조금씩 쌓인 스트레스가 빵 하고 터져버린 것이었다.

소치올림픽 이후 지금까지 한 번의 겨울도 빠짐없이 아픈 몸으로 스키를 탔다. 몸의 밸런스가 깨지고 자잘한 부상이 늘어나니 당연히 경기력은 떨어졌고 자존감과 자신감도 바닥을 쳤다. 운동선수에게 부상과 통증은 피해 갈 수 없는 숙명이라지만 이렇게 밑에서부터 다시 시작하는 것은 내겐 특히 더 어려웠다.

운동 수행능력이 0부터 10까지라고 가정하면 나는 늘 기본적으로 3이나 4에서 시작할 수 있는 사람이었다. 그래서 수술을 하고 제로 단계가 됐을 때 굉장히 당황했다. 이전까지는 그냥 자연스럽게 되던 것이 안 되는 상황을 받아들일 수가 없었다. 이전에는 거치지 않아도 됐던 0부터 3까지의 기초과정을 다시 차근차근 몸으로 익혀야 했다. 더군다나 몸이 틀어지고 통증을 느끼니 머리에서 몸으로 명령을 내리는 과정도 바뀐 듯했다. 원래는 10을 출력하라고 명령하면 그대로 출력되었는데 불안함이라는 공정이 끼어들자 7 또는 5밖에 출력되지 않았던 것이다.

바로 여기서 재능의 함정이 발동된다. 평소에 10만큼의 성취를 해내었던 사람이 같은 노력으로 5만큼밖에 이뤄내지 못하면 그 상태를 견디기 어려워한다. 5만큼 해냈다는 성취감보다는 반이나 해내지 못했다는 상실감이 더 크기 때문이다. 나 역시 이런 함정에서 오래도록 빠져나오지 못했다.

내가 아는 한 선수는 열심히 하는 데 비해 성적이 잘 나오지 않았다. 그를 보며 세상이 불공평하다고 생각했다. 하지만 정작 그는 속도가 느리다고, 성적이 당장 눈에 띄게 향상되지 않는다고 포기하지 않았다. 오히려 그는 원점으로 돌아갈 때마다 성장의 단계를 잘게 쪼개 밀도 있게 훈련했다. 스키를 타며 기초를 탄탄히 다지는 것은 물론이고 체중도 다양하게 조절해보면서 운동도 여러 가지 방식으로 시도해보았다. 노력이라는 재능을 가진 선수였다.

그를 보며 정말 많이 반성했다. 특히 그가 지도자가 되어 다른 선수들을 가르치는 모습을 보며 절실히 깨달았다. 나는 그와 같은 지도자가 될 순 없겠다고, 만약 내가 선수들을 가르치게 된다면 정말 공부를 많이 해야겠다고 말이다. 그는 내가 해본 적 없는 고민을 여러 방향으로 겪어본 사람이었다. 그의 몸과 머리에 그 고민에 대한 답이 데이터로 저장되어 있었다. 그렇게 실패와 시도를 반복한 시간이 지도자가 되어 선수들을 가르칠 때 빛을 발하기 시작했다.

선수로서는 내가 그보다 잘했을지 모른다. 하지만 다른 선수를 잘하게 만드는 것은 엄연히 다른 영역이다. 오히려 나의 경우처럼 빠르게 성장했던 사람들이 지도자가 되면 배우는 단계에 있는 선수들을 잘 이해하지 못할 수도 있다. 선수들이 어디에서 계속 실수하고 실패하는지를 지도자가 잘 모르기 때문이다. 그는 나에게 노력한 시간들은 어디 가지 않음을, 다 때가 있음을 깨우쳐주었다. 그 노력으로 얻은 자양분을 토대로 그는 계속해서 자신의 길 위에서 나아가고 있다.

언젠가 잘 모르는 후배 선수가 내게 함께 스키를 타보고 싶다며 연락을 했다. 얼마나 잘하고 싶었으면 내게 연락할 용기까지 냈을까 싶었다. 대견함에 뭐라도 하나 더 알려주고 싶어 외발 스키를 함께 탔다. 외발 스키는 말 그대로 한쪽 발에만 스키를 신고 타는 것으로, 스키를 신은 발이 바깥쪽 턴일 때는 잘되지만 안쪽 턴일 때는 밸런스가 조금만 무너져도 넘어진다. 두 발로 스키 탈 때는 잘 모르던 단점이나 문제를 바로 알 수 있는 것이다. 그래서 외발 스키를 자유자재로 컨트롤한다는 것은 스키로부터 자유로워질 수 있다는 뜻이다. 스키로부터 자유로워지면 기문을 타고 내려갈 때 어떠한 시도든 해볼 수 있고, 실수가 나왔을 때도 빠른 대처가 가능하다는 자신감이 생긴다.

외발로 숏턴을 해보자며 먼저 시범을 보이고는 아래로 내려가 후배를 지켜보았다. 후배는 열심히 시도하면서도 잘 안 되는지 이리 넘어지고 저리 넘어졌다. 그 모습을 지켜보는데 문득 걱정됐다. '내가 해보자고 했는데 혹시 다치면 어떡하지?' 이때 또 한 가지 사실을 깨달았다. 지도자는 선수에게 필요한 것이 무엇인지 알아내는 한편, 그것을 시도했을 때 어떠한 결과가 나오든 책임을 질 각오와 용기를 품어야 한다는 사실을.

사람들에게 재능이 하나씩은 있다고 한다. 하늘이 준 선물, 다른 말로 하면 시간 대비 효율이 가장 좋은 일. 나에게는 운동이 그랬다. 그러나 어느 순간부터는 재능에 대해 생각하지 않는다. 재능도 노력 없이는 결코 지킬 수 없다는 것을 알게 되어서다. 이제는 우연히 나에게 주어진 선물에 기대기보다 지금 여기에서 내가 당장 할 수 있는 것들에 대해 더 많이 이야기하고 싶다. 최고의 '무엇'이 되려고 하기보다 꾸준한 노력으로 완성될 최고의 '나'를 향해 가고 싶다.

재능의 함정

나까지 나를 포기할 수는 없으니까

알파인스키 선수로서 두각을 나타내려면 설상 훈련은 필수다. 하지만 기후 조건상 우리나라에서는 12월부터 3월까지만 훈련할 수 있기에 4월부터 11월까지는 외국에서 지내며 훈련을 해야 한다. 말인즉슨 대한민국 스키 선수들은 일단 물질적 조건이 뒷받침되어야 잘해볼 기회라도 얻을 수 있다는 얘기다.

국가대표가 되면 훈련에 필요한 비용을 나라에서 전부 다 해결해준다고 생각할 수도 있겠다. 하지만 아니다. 비용이 만만치 않게 드는 종목인 만큼, 한국 알파인스키 대표 팀은 다 같이 여름 해외 전지훈련 한 번 나가기 어려울 정도로 예산이 부족하다. 1년에 2~3개월은 고사하고 4주 나가는 경우도 손에 꼽는다. 대개 전체 대표 팀 훈련을 나가려면 선수들은 사비를 보태야 하는 경우가 많다. 그마저도 어려운 선수들은 설상 훈련을 포기해야 한다. 또 각 선수들은 성적별로 차등 지원을 받는데, 잘 타는 선수들 몇 명을 제외하곤 개인적으로 해결하는 수밖에 없다.

2020년, 코로나19가 전 세계를 강타하며 팬데믹이 선언됐다. 그동안 나는 죽어라 스키를 탔다. 하지만 성적은 아시아에서 고만고만한 정도. 더 큰 선수가 되기 위해 유럽에서 세계의 벽에 도전해보고 싶은 마음은 항상 있었지만 경제적인 문제에 부딪혀 실행하지 못했다. 그저 열심히 하다보면 누군가 알아봐주겠지, 기회가 오겠지 하며 선수생활을 지속해왔을 뿐. 하지만 그런 사람은 나타나지 않았다. 눈에 띄는 성적을 내지 못한 것도 사실이고, 내가 생각해봐도 한국에서 관심이 적은 알파인스키 종목 선수에게 투자할 이유가 없었다. 슬프지만 냉정한 현실이었다.

그렇다고 나까지 나를 포기할 수는 없었다. 깨지더라도 제대로 부딪혀보고 싶었다. 그래야 훗날 선수를 그만두게 되더라도 내가 할 수 없는 일이었나보다 하고 스스로 내려놓을 수 있을 것 같아서. 끝까지 도전하지 않고 미련이나 남기기는 싫었다.

그러다 코로나19로 인해 국내에 완전히 발이 묶이자, 그야말로 현실이 내 목을 죄는 느낌이었다. '나 지금 여기서 뭐하는 거지?' 죽을힘을 다해 운동하고 스키를 타봤자 할 수 있는 것이 국내 대회뿐이라니. 그냥 있다가는 이대로 선수생활이 끝나겠다는 생각에 정신이 번쩍 들었다. 당장 유럽으로 나가야 했다. 그때 나와 아시아에서 경쟁했던 한 일본 선수가 세계선수권에서 10위에 오른 일도 나를 자극했다.

하지만 진짜 내 발목을 잡은 건 돈이었다. 올림픽에서 뭐라도 해보려면 알파인스키의 주요 무대인 유럽에서 대회 투어를 돌며 경험을 쌓아야 했다. 하지만 대회 투어는 나와 코치님들까지 최소 세 명 이상이 겨울 동안 유럽에서 체류하는 비용이 드는 일이었다. 종목 특성상 스타트라인과 코스 중간에 적어도 스태프 한 명씩은 필요하기에 스태프 두 명의 월급까지 부담해야 했다. 개인이 감당하기엔 벅찬 비용이다. 무슨 방법이 없을까 고민하다 협회에 부탁을 해봐야겠다는 생각이 들었다. 그래, 일단 말이라도 해보는 거지.

나는 구체적인 훈련 계획과 비용에 대한 프레젠테이션 자료를 만들어 협회를 찾아갔다. 어떻게든 유럽 무대에 도전해보고 싶으니 코치님 한 분만이라도 같이 갈 수 있도록 도와달라고, 내 주머니를 탈탈 털어서라도 월드컵에 도전해볼 테니 조금이라도 지원을 해달라고 말이다. 다행히 이런 모습을 협회에서 긍정적으로 봐주신 덕분에 출국 준비를 시작할 수 있었다.

2021년 10월, 핀란드 레비 월드컵을 준비하던 나는 대회 4주 전 오스트리아로 떠났다. 한국 코치님과 동료 선수, 그리고 따로 섭외한 슬로바키아 코치까지 네 명이 함께였다. 첫번째 훈련 장소는 힌터툭스였다. 힌터툭스는 해발 3000미터가 넘는 곳으로 여름에도 스키를 탈 수 있고 가성비가 좋아 선수들이 많이 찾는다. 이렇게 유럽으로 훈련을 떠날 때면 훈련지 선정에 있어 아주 신중해지는데, 그때그때의 날씨에 따라 훈련 환경이 완전히 달라질 수 있기 때문이다. 여름에는 최대한 높은 산으로 가야 눈이 그나마 덜 녹아내리고, 가을에는 어느 곳에 가도 눈이 많이 오기 때문에 날씨가 맑기를 바라는 수밖에 없다. 아름다운 설국이 펼쳐질수록 눈이 폭신폭신해져 훈련을 하기에는 그리 좋지 않다. 다행히 이번에는 날씨가 받쳐주어 2주 정도는 훈련의 양과 질을 모두 잡을 수 있었다.

2주 후에는 차로 3시간 30분 거리인 묄탈러로 옮겼다. 예산만을 생각한다면 한곳에서 오래 훈련하는 것이 더 유리하겠지만 다양한 코스에서 훈련하고자 장소를 옮겼다. 최대한의 훈련 효과를 내기 위해 힌터툭스의 날씨가 나빠지면 언제든 옮길 준비를 하고 있었던 것이다.

이렇게 여러 곳에서 훈련을 하다보면 한 가지 불편한 점이 있다. 운동을 할 만한 마땅한 실내 장소가 없다는 것이다.

그래서 유럽에서 스키 선수들은 스키 훈련 후 보통 야외에서 운동을 한다. 나도 힌터툭스에서 오스트리아 대자연의 천연 소똥 냄새를 맡으며 달리기를 했다. 그리고 숙소 건물 마당이나 주차장에서 보강 운동을 하곤 했는데 눈이나 비가 내릴 때는 운동할 만한 공간이 마땅치 않았다.

하지만 이번 월드컵 훈련만큼은 이전과 달리 만반의 준비를 했다. 웨이트트레이닝 장비를 갖춘 외국인 코치를 섭외하고 자전거나 짐볼 등 필요한 장비들도 미리 주문해놓았다. 차에 장비들을 싣고 다니면서 눈비를 막아줄 지붕만 있다면 언제, 어디서나 관리를 할 수 있도록 이동식 컨디셔닝 장을 마련한 것이다.

어렵게 만들어낸 기회인만큼 하루하루 최선을 다했다. 오로지 스키와 몸 상태만을 생각하며 훈련에 매진했다. 내가 원하는 곳에서, 내가 원하는 목표를 향해 마음껏 달리는 일은 그리 흔치 않은 기회니까. 감사하고 행복한 일이니까. 하지만 최선을 다한다는 것은 그만큼 빨리 소진되어버릴 수 있다는 뜻이기도 했다. 간절한 만큼 괴로워질 수도 있는 것이었다.

어느 날, 줄넘기를 하다 쓰러졌다. 이단 뛰기를 하는데 갑자기 뇌에서 핑 소리가 나더니 눈앞이 깜깜해졌다. 블랙아웃이 되어 잠시 바닥에 주저앉았는데 처음 있는 일이라 너무 당황스러웠다. 다행히 시간이 지나 회복했지만 그 이후 희한하게 스키만 타고 내려가면 마치 차를 타고 꼬부랑 길을 달리는 것처럼 어지러웠다. 한쪽 머리가 심장이 뛰는 것처럼 웅웅 울려댔다. 들어는 보았나, 스키 멀미라고. 다행히 리프트를 타고 올라가는 동안에 조금씩 괜찮아졌지만 기문만 타고 내려오면 말짱 도루묵이었다. 스키를 타면서 멀미에 시달리다니, 뭔가 웃긴데 울고 싶은.

더군다나 스키가 너무 안 되던 날, 스타트라인에 섰는데 자신이 없어 속이 메스껍고, 그로 인해 넘어져서 무릎까지 아픈 상황. 이렇게 삶이 안 좋은 느낌으로 가득해질 때면 문득 다 내려놓고 싶어졌다. 내가 원해서 한 도전이었지만 그런 만큼 더 잘해내야 한다는 부담감에 짓눌리고 있었다. 잘하고 싶은 열망이 커질수록 나는 점점 더 작아졌던 것이다.

다음날, 코치님은 어김없이 자기 몸의 두 배 만한 기문 다발을 들고 눈에 구멍을 내고 있었다. 그리고 기문을 하나씩 꺼내어 그 구멍에 꽂았다. 코치님은 커다랗고 나약한 나와는 달리 체구는 작지만 강한 사람이다. 간절해서 때때로 바보가 되어버리는 나에게 코치님의 단단함은 늘 이정표가 되어주었다. 마치 너도 지금 여기서, 네가 할 수 있는 일을 하면 된다고 말해주는 것처럼.

　　내가 정신을 놓고 있을 때면 코치님은 장난 같은 면박, 면박 같은 진심으로 언제나 나를 시원하게 후려쳐주셨다. 뒤통수를 맞아도 기분이 나쁘지 않은 몇 안 되는 사람. 마침 옆에는 해맑은 미소로 포기는 배추 셀 때나 하는 말이라며 'No 포기!'를 외쳐대는 동료도 있다. 같이 달리기를 하다가도 멀쩡한 다리 대신 통나무 다리 건너기를 선택하고, 아이싱(얼음찜질)을 핑계로 한겨울에 냇물에 뛰어들어가고, 요리인지 조리인지 모를 음식을 만들며 함께 시간을 보낸 동료. 그런 동료도 그 순간을 살아내는 데 한몫했다.

　　좋은 지도자와 좋은 동료는 포기하고 싶은 순간들도 기꺼이 겪어내고 싶게 만든다. 다양한 어려움을 함께 마주하고 최고의 순간을 위해 달려가며 서로의 삶을 공유한다. 지나고 보니 그만큼 보람되고 소중한 시간이 잘 없다. 저멀리 있는 나의 꿈이 당장의 고통으로 희미해질 때, 스키를 타는 것이 즐거움인지 괴로움인지 구분할 수 없을 때, 그때마다 내 삶을 의미 있는 순간들로 채워준 이들이 있었다. 그들을 여기에 다 실을 수만 있다면 너무 좋겠지만 그건…… 너무 많으니, Yes! 포기하겠다.

오스트리아에서 훈련을 마친 뒤 한국 코치님과 함께 핀란드 레비로 넘어갔다. 11월의 핀란드는 극야 현상으로 길어봤자 하루에 해가 대여섯 시간밖에 뜨지 않는다. 그마저도 머리 끄트머리만 나와 있어 스키를 탈 때면 늘 노을과 함께다. 한국 여자 선수 중 최초 레비 월드컵 출전자였던 나는 노을을 보며 설레는 마음으로 스키를 신었다.

월드컵처럼 큰 대회를 뛰면 평소에는 하기 힘든 양질의 훈련을 할 수 있다. 일찍 스키장으로 가면 대회 코스도 미리 타볼 수 있고 연습 코스도 기가 막히게 잘 관리되어 있다. 무엇보다 세계 각국에서 모인 최고의 선수들과 훈련할 수 있어 좋다. 현지 적응을 위해 일찍 도착한 선수들은 그룹을 나누어 함께 훈련하고, 각국 지도자들은 대회와 최대한 비슷한 환경을 만들기 위해 분주하게 움직인다. 세계 정상급 선수들이 기문을 물 흐르듯 막힘없이 타고 내려갈 때면 빠르고 정확하게 원하는 턴을 만들어내는 모습이 눈앞에 펼쳐진다. 얼마나 연습하면 저렇게 부드러운 동시에 강한 스킹을 할 수 있는 걸까?

스키가 잘되는 날에는 스키가 마치 나의 뒤에 있는 듯한 느낌이다. 내가 원 없이 달려갈 수 있도록 스키가 뒤에서 든든하게 밀어주는 것 같다. 하지만 그렇지 않은 날에는 내가 스키에게 질질 끌려간다. 붙잡고 애를 써봐도 턴은 늘어질 뿐 잘

되지 않는다. 그럴 때는 내가 주인인 양 굴기보다 진짜 주인인 스키가 잘할 수 있도록 적극적으로 도와주는 수밖에 없다.

그렇게 한 턴 한 턴 절박하게 타고 내려가면 코스 중간에서 영상을 찍던 코치님이 내려온다. 코치님은 나에게 어디가 잘못되었는지 일일이 타박하지 않는다. 그저 내가 자신 있게 다시 탈 수 있도록 용기를 불어넣어준다. 부족한 점을 지적하기보다 먼저 필요한 부분을 채워주는 것이 우리 코치님의 방식이다. 그렇게 함께 리프트를 타고 올라가며 스키 이야기를 마저 나눌 때, 그 어느 때보다도 재미와 희열을 느낀다. 가시적인 부분이나 이론을 통해 알기보다 감각으로 더 잘 캐치해내는 나에게 코치님은 늘 찰떡같은 피드백을 주곤 했다. 그런 피드백을 받으면 얼른 다음 런에서 시도해보고 싶어졌다.

이렇게 다음을 기대하게 만드는 것이 스키다. 부지런히 강해지고 싶은 마음이 들게 하고, 그래서 기꺼이 괴로움도 자처하게 만드는 것. 내가 할 수 있는 모든 노력과 힘을 다하고 싶고, 그로 인해 살아 있음을 느끼는 것. 월드컵을 준비하는 내내 이보다 더 가치 있는 일이 있을까 싶었다. 가슴이 두근거리다 못해 저릿해지는 느낌. 감격에 비해 내 월드컵 성적은 미미했지만 이 두근거림에 이끌려 지금까지 선수생활을 해왔다.

월드컵은 매년 수차례 열리는 올림픽과도 같다. 아름

다운 승리를 위한 별들의 치열한 전쟁. 스키계에서 빛나는 별이 되고 싶다면 이 전쟁 속으로 뛰어들어야만 한다. 나는 이 대회에 도전하면서 조금 더 빨리 큰 무대로 나왔더라면 하는 아쉬움을 크게 느꼈다. 물론 그때는 그때만의 이유가 있었을 테지만…… 어쨌든 중요한 건 끝내 기다리기만 했다면 기회는 영영 없었을지도 모른다는 점이다.

내가 생각하는 스포츠맨십

2022 베이징동계올림픽에 다녀온 후 드라마 〈스물다섯 스물하나〉를 보았다. 펜싱 국가대표 선수인 나희도를 주인공으로 한 작품인데 같은 국가대표 선수로서 공감되는 장면이 많았다. 특히 선의의 경쟁을 벌이는 나희도와 고유림의 관계가 인상적이었다.

최연소 펜싱 금메달리스트인 고유림은 자신의 라이벌이 되기를 꿈꾸는 나희도를 처음 만난 순간부터 싫어하며 대놓고 무시한다. 실은 어린 시절 희도에게 크게 패한 적이 있어 그가 자신을 앞지를까 두려웠기 때문이다. 그러다 유림은 지난 3년 동안 서로를 위로하고 응원했던 피시통신 친구의 정체가 희도임을 알게 된다. 유림은 희도에게 지난날의 잘못을 진심으로 사과하고 그렇게 두 사람은 선의의 경쟁자가 되어 깊은 우정을 나눈다. 하지만 유림은 경제적인 이유로 어쩔 수 없이 러시아로 귀화하게 되고, 결국 올림픽 결승전에서 맞붙게 된 둘은 비록 국적은 달라졌지만 승패에 상관없이 서로를 진심으로 축하해준다. 또한 서로가 서로의 라이벌이었다는 사실을 가장 영광스럽게 여기는 모습을 보여준다.

운동선수라면, 아니 이 세상을 살아가는 사람이라면 누구나 한 번쯤은 이렇게 이상적인 친구이자 동료인 관계를 꿈꿔봤을 것이다. 나 역시 이 드라마를 보면서 스키 선수생활을 하는 동안 내 주변을 오고갔던 수많은 동료들을 떠올렸다. 나를 일으켜주었던 동료, 희로애락을 함께했던 동료, 반드시 이기고 싶었던 동료 등등. 그들과 나의 관계는 어떠했던가. 돌이켜보면 내가 스키 선수로서 성장할 수 있었던 것도, 조금이나마 더 건강하고 성숙한 사람이 될 수 있었던 것도 다 동료들 덕분이었다.

알파인스키는 개인 종목으로 무엇보다 선수의 경기력이 가장 우선시된다. 실력이 없으면 빠르게 도태되어버리는 이 냉정한 스포츠 세계에서, 선수들은 살아남기 위해 상대보다 한 발짝이라도 앞서나가야만 한다. 성적보다 중요한 것이 있다고 믿고 싶지만, 실은 1등을 거머쥐는 것이 무엇보다 최우선시되는 세계. 타 종목에 비해 논란의 여지가 덜하다는 점이 그나마 다행일까.

내가 생각하는 스포츠맨십

알파인스키는 점수를 매기는 종목도 아니고 심판이 오심을 볼 가능성도 거의 없다. 오로지 기록만으로 깔끔하게 승부가 나는 스포츠다. 그러나 이와 동시에 냉정한 평가 또한 감내해야 한다. 내가 그 과정에서 얼마나 진심으로 노력했는지는 스스로 알아주면 그만이지만, 그 시간과 노력이 객관적으로 증명되고 그에 따른 보상을 받으려면 결과로 보여주어야 한다. 그렇기 때문에 선수들은 매일 스스로를 갈고닦으며 정진하고, 그로 인한 보이지 않는 경쟁도 치열하다.

개인 종목도 예외 없이 국가대표가 되면 매달 합숙 훈련을 해야 한다. 아침에 눈을 떠 밥을 먹는 것부터 스키를 타고 잠드는 것까지 일거수일투족을 함께하며 단체생활을 한다. 그러다보니 개개인의 생활 영역에 교집합이 생길 수밖에 없다. 스키장에 모든 것을 쏟아붓기 위해 준비하는 대부분의 시간을 같이 지내다보니, 서로 영향을 크게 미칠 수밖에 없는 것이다. 그래서 불가피하게 마찰도 일어난다.

예를 들어 더블 침대에서 두 선수가 한 이불을 덮고 자야 하는 상황일 경우, 동료 선수가 먼저 잠들면 그 옆에 눕는 일이 무척이나 조심스럽다. 또 자면서도 행여 동료가 깨진 않을까 신경이 쓰이고, 먼저 일어나야 하는 선수들의 경우 알람 소리가 동료의 숙면을 방해하지 않도록 최대한 배려해야 한다.

하지만 몸이 고단해 깊게 잠들어버린 날이면 알람을 제때 끄지 못하는 불상사가 생기곤 한다. 평소라면 대수롭지 않게 넘길 수 있는 사소한 일도 중요한 대회가 있는 날에는 예민해질 수밖에 없다. 이런 순간들이 쌓여 경기력으로 이어지고 그렇게 나온 경기 결과는 한 개인의 삶을 좌우할 수도 있기 때문이다.

선수생활을 하면서 나는 상대에 대한 존중과 배려가 곧 스포츠맨십임을 알게 되었다. 우리가 TV로 보는 스포츠 경기들은 전체의 극히 일부분이다. 선수들이 만반의 준비를 하고 경기장에 나와 최선을 다하는 모습, 더티플레이보다는 페어플레이를 지향하는 모습, 결과에 승복하고 승패에 상관없이 상대방에게 경의를 표하는 모습 등등. 물론 예외도 있지만 선수들은 카메라가 찍고 있으니 사소한 언행도 손가락질받을 수 있다는 생각에 바른 모습을 보이려 더욱 노력한다. 하지만 진심으로 존경스러운 선수들은 그 일부분을 위해 준비하는 99의 영역에서까지 존중과 배려를 실행하는 이들이다. 당장 눈앞에 보이는 결과로만 이야기하는 세상에서 보이지 않는 곳에서까지 존중과 배려의 태도를 보이기란 굉장히 어려운 일이기 때문이다.

단편적인 예로, 단체 이동을 할 때만 봐도 알 수 있다. 선수들의 짐은 개인 스키 장비부터 운동용품, 옷가지 등 산더

미다. 그 가운데는 스키 정비를 위한 정비 테이블과 테이블에 스키를 고정하는 도구, 스키 베이스(스키와 눈이 맞닿는 부분)에 왁스를 입히는 다리미 등 팀 전체가 함께 쓰는 공용 물품들이 있다. 이런 물품들은 시간을 정해 함께 챙기는 경우가 대부분이지만 간혹 그렇지 않은 경우에도 솔선수범하여 팀 장비를 챙기는 선수들이 있다. 이런 선수들은 스키 정비가 끝나면 사용했던 자리를 말끔하게 정리하고, 차에 짐을 실을 때도 미리 나와 테트리스(많은 짐을 최대한 효율적으로 차에 싣는 것을 일컫는 말)에 앞장선다.

　　이것을 쉽게 팀 동료 간에 지켜야 할 당연한 매너로 생각할 수도 있겠다. 하지만 당연한 것을 지키는 일을 누구나 당연하게 생각하진 않는다. 또한 기본적인 매너를 지키는 일은 사소해 보여도 말처럼 그리 쉽지 않다. 특히 경쟁하는 선수들끼리 생활하다보면 나만 손해를 보는 것 같고, 혼자 쓸데없이 에너지를 낭비하는 듯할 때가 있다.

　　한번은 선배에게 이런 질문을 한 적이 있다. 내가 존중받지 못할 때 나는 왜 존중의 태도를 보여야 하는지 모르겠다고. 각자 조금씩만 노력하면 건강한 개인주의자로서 서로 협력하는 것이 가능할 텐데, 자꾸만 이기주의자가 되고 싶어진다고 말이다. 그러자 그 선배는 이렇게 말해주었다. 남이 아닌 나를 위해 하는 존중이라고, 남한테 존중받기 위해서라기보다 내가 나의 존엄성을 지키기 위해 하는 일이라고 말이다.

선수들은 당장 자기 원 안에 뭐라도 더 주워담기 위해 안간힘을 쓰기 마련이다. 그 와중에 행여 빼앗기진 않을까, 빼앗기면 그가 나보다 더 커지진 않을까 불안해한다. 하지만 만약 누군가가 그때의 나와 같은 고민을 갖고 있다면 이렇게 얘기해주고 싶다. 진짜 중요한 것은 겹쳐진 작은 부분이 아니라 내가 가진 원의 크기라고. 지금 네가 가진 원의 크기가 커지고 있는 중이라고. 때로는 나를 지키기 위한 이기적인 이타심이 필요할 때도 있다고 말이다.

스포츠맨십을 지킨다는 것은 곧 스스로를 존중하는 일이다. 설령 나희도와 고유림 같은 관계는 못될지언정 선수들이 경쟁 관계에서 자기 자신을 잃지는 않았으면 좋겠다. 선수로서 성장하고 싶다는 열망 혹은 순간의 감정으로 자신의 존엄성에 상처를 내는 일이 없었으면 좋겠다. 또 그 상처로 인해 스스로에게 실망하지 않았으면 좋겠다.

가끔 생각한다. 어렸을 적 꿈꿨던 정말 멋있고 아름다운 선수의 모습은 어떠했는지. 그리고 지금의 나는 그 모습과 얼마나 닮아 있는지를 말이다. 어린 시절의 나에게 지금의 내가 당당할 수 있기를 바라며 오늘도 마음을 다잡는다.

당장 원하는 결과는
아닐지라도

2022년 1월, 나는 한국에서 열렸던 베이징동계올림픽 선수 선발전에서 1위를 차지해 당당히 중국으로 향했다. 스물여섯에 맞은 나의 세번째 올림픽이었다. 어쩌면 내 생애 마지막이 될지도 모르는 올림픽. 이번만큼은 반드시 나만의 올림픽으로 만들고 싶었다. 잘하는 것도 중요했지만 무엇보다 경기가 끝난 뒤 후련할 수 있다면, 이제까지 해왔던 노력들을 속 시원하게 쏟아낼 수만 있다면 더 바랄 것이 없었다. 앞서 겪었던 두 번의 올림픽은 온전히 누리고 즐기지 못했기 때문에.

십자인대가 파열돼 제대로 된 경기를 할 수 없었던 소치동계올림픽, 가족 같은 동료가 갑작스럽게 출전하지 못하게 돼 정신적으로 무너져 있던 평창동계올림픽. 당시 나는 할 수 있는 모든 노력을 다했기에 다시 돌아가더라도 내가 바꿀 수 있는 것은 없다. 그저 운이 좋지 않았을 뿐이라고 받아들여야 했다. 내 힘으로 어쩔 수 없는 현실에 좌절하고 분노하기보단 그 현실을 있는 그대로 수용하고 거기서 할 수 있는 일을 찾는 것. 그것이 내가 할 수 있는 최선이었다. 이렇게 두 번의 올림픽을 겪고 뼈저리게 느낀 것이 하나 있다. 세상에는 아무리 노력해도 내 힘으로 어쩔 수 없는 일도 일어난다는 것.

평창동계올림픽 출전이 좌절된 이후 은퇴를 택한 동료가 우리 팀의 코치로 오게 되면서, 다시 한번 올림픽의 꿈을 함께 꿀 수 있게 되었다. 과거에는 선수와 선수로서 품었던 꿈을 이번에는 지도자와 선수로서 함께하게 된 것이다. 그래서 베이징동계올림픽을 준비하는 동안 최선을 다했다. 유럽 대회 투어를 위해 협회에도 지원을 요청하고 주머니를 탈탈 털어 외국인 코치를 따로 섭외하기도 했다. 그런 노력 덕분인지 2022 베이징동계올림픽 선수 선발전에서 좋은 성적을 거둬 올림픽행 티켓을 따내는 데도 성공했다.

그런데 하늘도 참 무심하시지. 이번에도 동료와 함께 올림픽에 나갈 수 없게 되었다. 올림픽 파견 지도자 자리가 제한되어 감독님과 장비 담당 코치님만 베이징에 가고 동료는 한국에 남는 선수들의 훈련을 돌보게 된 것이다. 나는 또 한번 망연자실했지만 이번만큼은 올림픽을 마음껏 즐겨보고 싶다는 바람 하나로 의지를 다졌다.

하지만 이것조차 너무 큰 욕심이었던 것일까. 나는 대

당장 원하는 결과는 아닐지라도

회 바로 전날 또다시 무릎 부상을 당하고 말았다. 결국 통증으로 경기를 중단하기에 이르렀다. 다시는 없을지도 모르는 기회였는데, 그래서 이제까지 해온 노력을 마음껏 경기장에서 펼쳐보고 싶었을 뿐인데 그게 그렇게도 어려운 일이었던 걸까.

그날 2차전을 뒤로한 채 홀로 방으로 돌아와 얼마나 많은 눈물을 흘렸는지 모른다. 소치동계올림픽으로부터 8년, 아니 올림픽의 꿈을 가지게 된 이후로부터 10년 동안 오로지 올림픽 하나만을 바라보고 달려왔다. 그런데 그 끝이 결국 DNF라니. 스키가 내 인생의 전부라 생각하며 살아왔던 나에게 그 절망감과 허무함은 이루 말할 수 없었다. 무엇보다 내 삶에 남은 게 아무것도 없는 듯해 견딜 수가 없었다.

한국으로 돌아와 두번째 무릎 수술을 받고, 당분간 스키장을 벗어나 있기로 했다. 스키와 운동은 잠시 접어두고 스스로를 돌볼 시간이 필요했다. 그동안 스키에 전념하고자 미루어왔던 일들을 하나씩 해치우기 시작했다. 못 만났던 친구들을 실컷 만나면서 술도 마셔보고, 여행도 다니고, 취미생활도 시작했다. 그러다보니 자연스럽게 내가 스키 말고도 좋아하는 게 있는지, 하고 싶은 게 또 무엇인지 고민해볼 수 있었다. 그렇게 두어 달 후, 생각지도 못한 일이 벌어졌다. 10년 넘게 일기를 써오면서 책 한 권 냈으면 좋겠다는 막연한 생각으로 보내본 투고 메일에 답장이 온 것이다. 함께 만나 원고에 관한 이야기를 좀더 자세히 나누어보자면서.

모든 열정을 쏟아붓고 싶은 무언가가 있다는 것만으로도 감사하고 행복한 일임을 잘 안다. 그러나 최선을 다해 준비했던 2022 베이징동계올림픽에서 완주는커녕 스스로 경기를 중단해야만 했을 때, 그동안 해온 노력의 의미와 가치가 사라져버린 듯해 절망했다. 하지만 올림픽에서 부상을 당하지 않았더라면, 그래서 경기가 가히 만족스러웠더라면, 나는 스스로에게 잠시의 멈춤도 허락하지 않았을 테다. 그랬다면 주위를 둘러보고자 하는 마음도 가질 수 없었을 것이다. 여전히 스키에만 미쳐 있었을 테니……

비록 올림픽에서 좋은 결과를 만들어내지는 못했지만 진심을 다했던 시간들은 고스란히 내 안에 남아 있다. 고된 하루를 마치고 매일 밤 책상에 앉아 운동 일지를 적으며, 일기를 써내려가며 끊임없이 고민하고 연구했던 시간들. 그 시간이 없었더라면 지금 이렇게 글을 쓸 수 없었을지도 모른다. 그러니 지금 당장 내가 원하는 곳에서, 원하는 결과가 나오지 않는다 하더라도 너무 상처받지 않았으면 좋겠다. 또, 한번은 최선을 다해 달려보았으면 좋겠다. 살면서 진심으로 몰두했던 시

간들이 우리를 미처 생각지도 못했던 곳으로, 어쩌면 더 큰 가
능성이 있는 곳으로 데려다줄지도 모를 일이니까.

두 번의 무릎 수술에서
배운 것들

스키 선수생활을 하다보면 '속도가 빨라지면 무섭지 않으냐', '경사가 심한 곳에서도 아무렇지 않으냐' 등 신기하다는 듯 질문하는 분들을 종종 만난다. 첫번째 무릎 수술을 받기 전이었다면 자신 있게 "무섭지 않다, 괜찮다"라고 대답했을지도 모르겠다. 하지만 솔직히 고백하자면 지금은 아무렇지 않지가 않다. 무섭고 두려울 때가 많다.

물론 선수가 스키 타는 환경은 일반 스키장과는 다르다. 특히 대륙컵 수준 이상의 대회에서는 코스에 물을 뿌려 눈을 꽝꽝 얼려놓는다. 대회가 진행될수록 손상되는 코스의 차이를 최소화하여, 앞 주자와 뒷 주자 간의 경쟁이 최대한 공정해질 수 있도록 환경을 만들어주는 것이다. 다만 이렇게 얼어 있는 눈 위에서는 조금만 방심해도 넘어지기 일쑤라 뼈가 부러지고 인대가 끊어지는 일이 다반사다. 나만 해도 양 무릎 전방십자인대를 모두 재건했다.

첫 수술 후 복귀했을 때는 괜찮다고, 하나도 안 무섭고 다시 잘할 수 있다고 끊임없이 자기 최면을 걸었다. 탄탄대로 일 줄만 알았던 나의 선수생활에 부상이나 트라우마라는 녀석이 찾아올 거라고는 생각지도 못했고, 그렇다고 한들 인정하고 싶지도 않았다. 두려움을 인정하면 진짜로 그렇게 되어버릴 것만 같아서, 이 상황을 하루빨리 매듭짓고 흘려보내고 싶었다.

하지만 스키를 강하게 밟으면 밟을수록 무릎이 아플 것 같고, 넘어지면 다시 다칠 것 같고, 심지어 스타트라인에 서는 것조차 공포스러울 때도 많았다. 이렇게 극도의 긴장감이 나를 덮쳐올 때면 몸이 움직여지지 않았다. 움직여보려 최선을 다해 애써봐도 선수 강영서의 의지는 인간 강영서의 두려움을 이기지 못했다. 그렇게 수많은 대회에서 완주에 실패했고 좌절했으며, 참담한 결과도 많이 맞닥뜨렸다.

2018 평창동계올림픽이 끝난 뒤 상담을 받으러 갔을 때, 나는 선생님께 그동안 있었던 일들을 모두 털어놓았다. 오랜 시간 트라우마에 시달리면서도 올림픽 출전을 위해 애쓰느라 꽤나 지쳤던 모양이다. 그럼에도 스키를 잘하고 싶은 마음이 너무 크다고, 문득문득 두려운 순간들이 다가오면 어떻게 해야 할

지 모르겠다고, 내가 지금 잘하고 있는지 잘 모르겠다며 참았던 눈물을 왈칵 쏟아냈다.

때로는 이렇게 가족, 친구, 동료보다도 모르는 사람한테 더 솔직해지곤 한다. 영화 〈우아한 거짓말〉(2014)에는 살다보면 애먼 사람한테 속 얘기할 때도 있는데, 애먼 사람은 비밀을 담아둘 필요가 없기 때문이라는 대사가 나온다. 나한테는 상담 선생님이 그런 사람이었다. 당시 나는 내 이야기를 들어줄 사람이 필요했다. 나에 대해 그 어떠한 편견도 갖지 않고 조언을 해줄 수 있는 사람. 그 사람이 나와 비슷한 경험을 해본 적이 있거나, 그 분야에 대한 전문적인 지식을 가지고 있는 사람이라면 더더욱 믿음이 가는 법이다. 그렇게 선생님께 모든 이야기를 다 털어놓으며 한참을 울고 나니 그것만으로도 마음이 한결 가벼워졌다.

나의 이야기를 듣고 선생님이 가장 먼저 해주셨던 말은 "영서야 맞아, 네가 맞아"였다. 힘들 만했다고, 어려움과 맞서느라 고생했다고, 포기하지 않고 여기까지 온 것만으로도 대견한 일이니 자기 자신에게 수고했다, 잘했다 말해주라 하셨다. 그렇게 나를 이해하고 인정해주는 말을 듣고 나니 나 자신을 조금 더 따뜻하게 보듬어줄 용기가 솟아났다. 그리고 비로소 구체적인 방법을 여쭈었다. 두려움이 찾아올 땐 어떻게

두 번의 무릎 수술에서 배운 것들

해야 하느냐고. 다음은 선생님이 알려준 방법을 바탕으로 선수생활을 해오며 깨달은 것들을 정리해본 것이다.

▶ 감정을 인지하기

우리는 어떤 감정이 들 때 생각보다 내가 어떤 상태인지 잘 알아차리지 못한다. 두려움을 예로 들면, 단지 그 감정 속에 빠져 있을 뿐 내가 두려움을 느낀다는 것을 인지하지 못하는 것이다. 이럴 때는 먼저 스스로에게서 한 발짝 물러나 잠시 나의 감정을 지켜보는 것이 좋다. 지금 눈이 많이 얼어 있어서 무서워하는구나, 넘어져서 다치거나 실수해서 나쁜 결과가 나올까봐 불안하구나 하고 먼저 내 감정이 무엇인지 정확히 인지해야 한다. 내 감정을 자꾸 모른 척하면 그 감정에 대처할 수 없다. 감정이 어디서, 어떻게 왔는지 정도는 알아야 그 감정에 굴복하지 않을 수 있다.

▶ 지금 여기에서, 내가 할 수 있는 것에만 집중하기

감정을 제대로 인지한 뒤에도 두려움은 여전히 남는다. 두려움을 느낄 만한 상황이라는 것도 알고 두려운 게 당연하다고 인정하고 받아들여도, 두려움에서 한 발짝 물러났을 뿐 그 감정이 사라지진 않는다. 스타트라인에 섰을 때 얼어 있는 눈을 봐도, 무지막지하게 어려운 코스를 타더라도 두려움 없이 즐거움만 느낄 수 있다면 참 좋겠다. 하지만 사람이라면 그럴 수 없다. 세계에서 내로라하는 선수들도 마찬가지다.

나는 스키를 하고 싶어서 그리고 또 잘하고 싶어서 지금 여기에 서 있다. 그러니 훈련을 해야 하고 경기를 해야 한다. 날씨나 코스 상태를 내가 바꿀 수는 없다. 바꿀 수 있는 것은 오직 나 자신뿐. 그래서 나는 내가 할 수 있는 것에만 집중한다. 눈이 얼어 있다면 더 강하게 스키를 밟는 데만 집중하고, 코스가 어렵다면 구간별로 작전을 세워 지키려고 노력한다. 이렇게 그 순간에만 몰입하다보면 두려움이 점점 멀어진다.

물론 한 번에 뿅 하고 되는 것은 아니다. 하지만 매 경기, 매 훈련마다 지금 여기에서 내가 할 수 있는 것에만 집중하려고 노력하다보면, 한 턴이 두 턴이 되고 결국은 자신 있게 완주할 수 있는 날이 온다. 두려워도 괜찮다. 두려움을 느끼는 것은 지극히 정상적이다. 그럼에도 한 발자국 내디뎌보는 것. 지금 여기에서, 내가 할 수 있는 일들을 찾아 하나씩 해나가면 그만이다.

▶ 생각은 생각으로 덮기

"펭귄을 생각하지 마. 절대로 펭귄을 생각해서는 안

두 번의 무릎 수술에서 배운 것들

돼. 통통하면서도 제법 키가 크고 듬직한 황제펭귄, 그 옆에 딱 붙어 있는 작고 귀여운 새끼 펭귄까지. 절대로, 절대로 펭귄을 생각해서는 안 되는 거야. 자, 어때. 펭귄 생각이 안 나니?"

"아니요, 선생님. 설명하신 그대로 생각나는데요?"

"그래, 바로 그거야. 펭귄을 생각하지 말라고 하는 그 순간 펭귄을 생각하게 되는 거야. 진짜 펭귄을 생각하지 않으려면 호랑이를 생각해야 해. 생각은 생각으로 덮는 거란다. 자, 이제 호랑이를 생각해봐."

우리의 뇌는 긍정과 부정을 구분하지 못한다고 한다. 누군가를 신경쓰지 말자고 하는 순간 그 사람을 생각하고 신경쓰게 되는 것처럼, 부정적인 생각을 멈추고 싶다면 부정적인 생각을 그만두려고 하는 것이 아니라 긍정적인 생각을 해야 한다. 좋은 생각으로 나쁜 생각을 덮는 것이다.

이것을 안 순간부터 스타트라인에 섰을 때 나 자신에게 주의하는 말보다는 긍정적인 말과 나를 지지하는 말로 바꿔 말했다. 이를테면 '중심이 뒤로 빠져선 안 돼'보다는 '계속해서 중심을 앞으로 가져가자', '실수하지 말자'보다는 '끝까지 집중하자'라고 말이다. 그래야만 내 머릿속에는 중심을 앞에 놓고 스키를 자유자재로 가지고 놀면서 최선을 다해 끝까지 달려가 피니시라인을 통과하는 나만이 남게 된다.

▶ 생각을 전환하기

이런 노력에도 가끔 부정적인 감정에 빠져들 때가 있다. 부상 당한 왼쪽 무릎의 통증이 심해져 경기를 중단할 수밖에 없었던 베이징동계올림픽 당시, 스키 선수로서 살아온 평생의 시간을 10초 만에 끝내야 한다는 것도 힘들었지만 더욱 괴로웠던 건 남은 회전 경기가 불과 이틀 뒤라는 사실이었다. 이틀 만에 좋아질 상태가 아니었기에, 내 본실력을 펼칠 수 없음에 그냥 다 포기하고 주저앉아버릴까 싶었다. 하지만 그러기엔 남은 기회가 너무나도 소중하지 않은가. 경기가 다 끝난 뒤에 주저앉아도 늦지 않았다. 나는 생각을 빠르게 전환하려 했다.

내가 비참한 감정을 느끼고 있다는 사실을 한번 더 알아차리는 일은 매우 고통스러웠다. 하지만 회전 경기를 위해 할 수 있는 일 또한 꽤 많았다. 도핑 기준이 적용되지 않는 선에서 약과 주사의 힘을 최대한 빌렸고, 무릎에 무리가 되지 않게 근육이 빠지지 않도록 운동을 해주었다. 그리고 주위 근육들을 풀어주며 틈틈이 아이싱도 해주고 물리치료실에서 거의 살다시피 했다. 순간순간 '이걸 해서 뭐하나, 어차피 경기는 제대로 하지도 못할 텐데'라는 무기력이 나를 찾아왔지만, 그럴 때마다 '또 이런 감정들이 나를 찾아왔구나' 하고 계속해서 알아차리려 했다. 나에게 닥친 상황을 당장 받아들일 수는 없었을지언정 부정적인 감정의 늪에 빠져 허우적대지 않으려고 노력했다.

8년 전, 소치동계올림픽 이후 무기력에 빠져 꽤 긴 시간을 방황했다. 그때는 그 감정들을 부정했고 그저 상황이 나아지기만을 기다렸다. 하지만 베이징에서 나는 알았다. 부정적인 감정들이 왼쪽에 있더라도, 그저 거기에 저런 것들이 있구나 하고 있는 그대로를 인정하면 된다는 사실을. 부정적인 감정들을 없애려고 노력하는 것이 아니라, 그럴 때마다 내가 할 수 있는 일들이 있는 오른쪽으로 돌아오면 된다는 것을 말이다. 그리고 그때마다 오른쪽으로 돌아오는 연습을 해보면 알게 된다. 아무리 절망적인 상황이라도 내가 할 수 있는 일이 반드시 있고, 우리는 그저 오른쪽으로 고개를 돌릴 용기를 조금만 내면 된다는 걸.

　　나는 끝까지 최선을 다했음에도 결국 회전 경기를 완주하지 못했다. 그리고 한국으로 돌아와 8년 전 소치동계올림픽 직후에 했던 수술을 반대쪽 무릎에도 똑같이 하게 되었다. 누군가는 내 노력이 헛수고였다고 생각할지도 모르겠다. 하지만 난 그렇게 생각하지 않는다. 당장의 결과는 같을 수 있어도 왼쪽을 바라보며 주저앉아 있던 사람과 오른쪽을 바라보며 한 발자국 내디뎌본 사람의 삶이 어떻게 같을 수 있겠나.

　두번째 무릎 수술 이후, 여전히 빙판에서 스키를 타는 것이 자주 무섭고 두렵다. 하지만 확실히 달라진 게 있다면 두려움을 느끼는 것을 부정하지 않는다는 점이다. 첫발조차 못 내딛어도 괜찮다. 이제는 그런 스스로를 이해하고 인정해줄 수 있게 되었으니까. 나 스스로를 이해하고 긍정하기. 이것이 내가 두 번의 무릎 수술로부터 배운 것들이다.

두 번의 무릎 수술에서 배운 것들

수동적인 사람,
딱 한 가지만 빼고

요즘 인스타그램을 둘러보면 게으른 완벽주의자에 대한 글이 많이 보인다. 그 글들을 보고 있으면 '나도 그런 사람인가?' 하는 생각이 자연스레 스친다. 하지만 정확히 말하자면 나는 조금 수동적인 사람이다. 딱 한 가지만 빼고.

국가대표 선수촌은 총 네 군데다. 대표적으로 알려진 곳은 태릉선수촌이지만 지금은 대부분의 기능을 진천선수촌으로 옮겨 선수들이 잘 사용하지 않는다. 나머지는 태백과 평창이다. 태백선수촌은 고지대 훈련을 위해 함백산 해발 1330미터에 자리를 잡고 있고 정식 선수촌이 아니었던 평창 동계 종목 전용 훈련 시설은 2023년에 완공된 평창선수촌으로 이전되었다.

나는 주로 스키장과 인접해 있는 평창 동계 종목 전용 훈련 시설에서만 훈련을 해왔던 터라 국가대표가 된 지 1년 만에야 진천선수촌에 입촌해 정식 선수촌 생활을 해봤다. 넓고

길게 쭉 뻗은 도로를 따라 정문 입구에 도착하면 '진천 국가대표선수촌'이라는 큼지막한 글자가 보이는데, 처음 선수촌에 들어가던 그 길을 잊지 못한다. 내가 국가대표라는 게 새삼 실감나던 순간이었다.

훈련은 고단한 일이기는 하나 동시에 무척 설레는 일이다. 매일 아침 일출을 보며 하루를 시작해 힘든 프로그램을 해내고 나면 그때만 느낄 수 있는 성취감과 뿌듯함이 밀려온다. 무엇보다도 규칙적인 생활을 한다는 점이 좋았다.

오전 6시, 입촌을 완료한 모든 종목의 지도자들과 선수들이 대운동장으로 모인다. 앞쪽 단상에 계신 선생님을 따라 음악에 맞춰 체조를 시작한다. 사실 선생님은 춤을 추시지만 선수들이 하는 것은 율동에 가깝다. 잠이 덜 깨기도 했고 사람이 많아 민망하기도 하지만 모두 한데 모여 꼬물거리는 걸 보는 재미 역시 쏠쏠하다. 그렇게 체조를 마치고 나면 종목별로 새벽 훈련을 하기 위해 해산한다.

새벽, 오전, 오후 내내 훈련하다보면 하루가 정말 금방 간다. 운동, 식사, 샤워, 휴식을 세 번 반복하면 하루가 끝난다. 운동과 운동 사이에 잠을 자거나 물리치료를 받기도 하고, 저녁에는 책을 읽거나 뭉친 곳을 풀어주며 개인 운동을 가기도 한다. 그렇게 단순한 하루가 반복되는 일상이 지루할 수도 있

수동적인 사람, 딱 한 가지만 빼고

지만 나는 거기서 오는 안정감들이 좋았다. 하루를 꽉 채워 알차게 보냈다는 안정감, 내일도 그럴 거라는 안정감, 내가 잘 살고 있다는 안정감 등등. 스키장과 다르게 선수촌에서만 느낄 수 있는 것들이 있다.

스키 선수들은 눈이 녹으면 바로 휴가에 들어간다. 지친 몸과 마음에 휴식을 주는 일이 그렇게 달콤할 수가 없다. 맨날 이렇기만 하면 얼마나 좋을까 생각하지만 그런 시간들이 길어지면 그리 달갑지만은 않다. 자유에는 그만큼 책임이 따르는 법. 내가 나를 컨트롤하며 스스로를 통제해야 한다. 가장 잘하고 싶은 일이지만 여전히 잘 못하는 일이다. '그냥'이라는 녀석을 알게 된 이후로도 쭉 어려웠다. 아는 것과 실천하는 것은 또다른 차원의 문제니까.

국가대표라면 모두 자기 관리에 철저하다고 생각하겠지만 내가 생각하는 나는 꽤나 엉성하다. 종종 엉망일 때도…… 그래서 선수촌이 좋다. 선수촌에서의 나는 제법 그럴싸해진다.

눈꺼풀이 무겁고 몸이 천근만근이어도 무조건 방문을 나선다. 그리고 그럴 때마다 다짐한다. 오늘은 무조건 8시에 잘 거라고. 하지만 막상 훈련을 끝내고 방으로 돌아오면 정신이 맑아져 있다. 밥이 맛있어서 그런가? 아무튼 남은 시간에 뭐라도 더 가치 있는 일을 하고 싶은 욕구가 샘솟는다. 힘들면 힘든 대로 오늘의 최선을 치하하며 맘 편히 휴식을 취할 수 있고, 체력이 남으면 남는 대로 부족한 것들을 채워넣을 수도 있다. 어느 쪽이든 퍽 기분좋은 일이다.

아이러니하게도 이렇게 부지런해질 수 있는 사람이란 걸 알기에 나 자신을 많이 괴롭히기도 했다. 부상을 당했을 때도, 코로나19로 훈련 일정이 모두 취소되었을 때도, 자율적으로 움직여야 하는 상황마다 게을러지는 나. 그 모습이 너무 싫으면서도 게으름을 이기지 못하는 내가 징글징글했다. 일어날 법도 한데, 젠장. 그냥 벌떡 일어나든지 계속 마음이 불편하든지, 아니면 가만히 있는 나를 용납할 수 있도록 욕심을 버리든지. 하나만 하자, 하나만.

혼자 있을 땐 마음이 불편한 쪽을 택하는 사람이란 걸 너무나도 잘 안다. 이도 저도 마음 편히 하지 못한다는 것을 안다. 그래서 내가 찾은 나름의 방법은 무엇이든 혼자 하게 놔두지 않는 것. 게으른 상태로 돌아가지 않도록 부지런할 수밖에 없는 환경으로 나를 내던지는 것이다. 지극히 수동적인 사람인 내가 유일하게 능동적으로 하는 일이랄까.

코치님과 매일 한 운동에 대한 피드백을 주고받거나,

트레이너 선생님에게 식단 사진을 찍어 보내는 등, 학생들이 자습만 하지는 않는 것처럼 자기 관리를 하는 데 있어서도 공교육이든 사교육이든 가리지 않고 도움을 받았다. 스스로 불씨가 꺼지지 않도록 노력도 해보았으나 역시나 맘처럼 잘되지 않았기에, 그냥 계속 불구덩이로 뛰어들면서 산다.

세상에는 불구덩이 속에서 아름다운 도자기를 구워내기 위해 노력하는 사람들이 많다. 하지만 불의 온도, 굽는 시간 등은 모든 도자기에 동일하게 적용되지 않는다. 온도가 너무 높으면 어떤 도자기는 타버리고, 온도가 너무 낮으면 아예 못 쓰는 도자기가 될 수도 있다. 어떤 온도에서 얼마나 견뎌내야 원하는 것을 만들 수 있는지 누가 알려주면 참 좋으련만. 나라는 도자기에 어울리는 불은 결국 내가 알아내야 하겠지만 거기까지 가는 길에서 적극적으로 도움을 받을 생각이다. 언젠간 혼자서도 잘 타오르는 날이 오겠지 뭐.

3장

인스펙션

내 인생을 미리 답사할 수 있다면

인스펙션
스키에서 코스 답사를 뜻하는 용어로,
시합 전 미리 기문이 꽂힌 경로를 확인하는 것.

진짜 중요한 건 좋아하는 마음

"뛰어!"

속공이었다. 나는 상대편 골대를 향해 전력 질주하기 시작했다. 나에게 찾아온 노마크 찬스였다. 이제 농구선수에게는 숨쉬기와도 같은 레이업슛으로 골을 넣기만 하면 되었다. 하지만 한 발 두 발 내디디는데, 갑자기 몸이 경직됐다.

'골을 못 넣으면 또 맞을 거야.'

짧은 순간 뇌리를 스쳤다. 세번째 스텝을 밟지 못했고 결국 슛은 시도조차 못했다. 그것도 골대 바로 앞에서. 그때 우리가 이겼는지 졌는지는 기억나지 않는다. 그저 내가 기억하는 것은 그날 인생 처음으로 부모님께도 안 맞아본 뺨을 맞았다는 것뿐이다. 불과 초등학생 때의 일이었다.

초등학교 계발활동 시간, 육상부 활동을 하며 우연히 작은 대회에 나가게 되었다. 거기서 한시도 가만있지 못하는 내가 눈에 띄었는지 농구선수로 스카우트 제의가 들어왔다.

그렇게 나는 덜컥 농구선수가 되었다.

지금 생각해보면 추억이 될 만한 일들도 참 많았다. 농구부가 있던 학교 바로 앞에 작은 마트가 하나 있었는데, 선수들끼리 당번을 정해 아침마다 초코파이와 우유를 받아가곤 했다. 훈련이 끝나면 버스 안에서 그 초코파이를 먹고 우유를 마시며 집으로 돌아왔다. 그러다 한번은 깜박 잠들어 바다가 있는 종점까지 가서는 여기가 어디냐며 울면서 엄마한테 전화했던 기억도 있다. 체벌만 아니었어도 나는 스키 선수가 아닌 농구선수가 됐을지도 모르겠다.

실제로 중학교 때까지 취미가 농구였다. 선수를 그만두고도 공부를 하다 답답하거나, 아빠한테 혼이 나거나, 주말에 시간이 날 때면 농구공을 들고 집을 나섰다. 농구는 언제 어디서나 공과 골대만 있다면 혼자서도 할 수 있는 운동이라 혼자 드리블을 연습하고 골을 넣으면서 스트레스를 풀었다. 그러다 나 같은 사람들이 하나둘 모이면 하프코트로 3대 3경기를 하기도 했다. 재미도 있고 사람들과 어울릴 수도 있고, 무엇보다 그 순간만큼은 농구에만 집중할 수 있어 좋았다. 내가 스포츠를 좋아하는 이유 중 하나다. 그 순간에만 온전히 몰입할 수 있다는 것. 땀을 흘리다보면 자연스럽게 기분전환이 되고 머리도 맑아진다. 마음에 있는 짐을 직접 덜어주진 않더라도 덜어낼 준비 정도는 시켜준다. 이렇게 농구를 꽤 진심으로 좋아했다.

농구선수로 활동한 건 불과 1년 남짓. 겨울에 스키를 타러 갔다 온 것까지 생각하면 6개월도 채 하지 않았다. 이유는 체벌 때문이었다. 당시 부모님께서 맞고 있는 나를 발견하지 못했다면 아마 나는 계속 맞으면서 농구를 했을 것이다. 어쩌면 맞는 게 당연하다고 생각했을지도 모른다. 그때의 나는 그냥 맞는 것이 두려울 뿐, 누군가가 내게 손찌검하는 것이 어떤 의미인지, 그것이 내 삶에 어떤 영향을 미칠지는 전혀 모르는 어린아이였으니까.

대개 아이들은 빠르면 초등학교 저학년, 늦으면 고학년쯤 선수생활을 시작한다. 더 어려서 운동을 접하는 경우도 많지만 우연히 혹은 취미로 시작했다가 자연스레 선수의 길로 접어드는 경우가 가장 흔하다. 물론 종목별로 조금씩 차이가 있겠지만 운동선수에게 중학교 시기는 선수를 시작하기에 이른 때는 아니다. 나만 해도 초등학교 4학년 때 농구선수 활동과 스키선수 활동을 같이 시작했다.

당시 내가 속해 있던 농구부에는 가장 어린 선수가 10세였고, 대개 11~13세 정도였다. 선수들은 강당에 모여 드리블 기술 훈련이나 슛 연습을 반복했고, 그 외에도 선수들끼리 팀을 이루어 자체 연습 경기를 하거나 이따금 근처 초등학교 남자 농구부 선수들과 함께 훈련했다. 그러다 강당을 못 쓰는 날에는 학교 운동장에 모여 운동장을 달리거나 계단을 오르내리는 등 체력 훈련을 했다.

운동장을 달리던 어느 날이었다. 승부욕이 충만했던 나는 언니들을 다 이겨보겠다며 죽어라 뛰기 시작했다. 하나둘 제치다보니 가장 고학년 언니 두 명만 내 앞에 남았다. 속력을 높일수록 바로 앞에 있던 2등 언니의 등이 점점 더 가까워졌다. 그 등이 내 코앞에 다다르는 순간 언니의 목소리가 들려왔다. "지르기만 해라."

해석하자면 '네가 나를 앞지르는 순간 죽음을 불사하는 고통을 전해줄 테다' 정도일까. 하지만 내가 쭈뼛대면 코치도 단번에 알아채고 고래고래 소리를 질렀다. "갈 수 있는데 왜 안 나가냐!!!!!" 당시 나에게는 언니의 협박보다 코치의 고함이 더 힘이 셌다. 나는 결국 1등으로 달리던 언니와 함께 훈련을 종료했다.

이런 상황에서 코치는 대개 1등을 제외한 나머지 선수들에게 한마디씩 던진다. '열심히 안 하냐' '동생한테도 져서 되겠냐' 등등. 최악의 경우는 추가 훈련이다. 몸은 지치고 혼도 나서 기분이 뭣 같은데 또 뛰어야 한다. 이럴 때면 이 모든 상황의 원인이 자신을 제치고 앞서간 저 악랄한 동생인 것처럼 보인다. "야, 지르기만 하라고 했지?"

당시 부산에는 초등학교 농구팀이 별로 없었고 선수가 많지도 않았다. 한 팀에 많아 봤자 열 명이 안 되었다. 시작한 지 얼마 안 된 선수들을 대회에 내보낼 수는 없으니 기량이 어느 정도 되는 선수들로 선발하려다보면 대회에 나갈 다섯 명을 맞추기도 쉽지 않았다.

팀에 선수가 없으면 코치가 설 자리는 없어진다. 그러니 작은 육상대회라도 정찰을 다니며 선수들을 열심히 발굴했던 것일 테다. 선수 발굴은 코치에게 요구되는 큰 역량 중 하나이자 생존의 문제와도 직결된다. 코치들은 어렵게 발굴한 선수들로 성적을 내야 하고, 학교든 교육청이든 체육회든 우리 학교 농구부가 이렇게 열심히 하고 있다고, 여전히 잘 굴러가고 있다고 대회를 통해 계속해서 보여줘야 한다. 그래야만 농구부를 지킬 수 있다.

그러니까 내가 농구선수로 활동할 때 맞았던 이유는 생존의 문제라고나 할까? 성적을 내느냐 마느냐는 선수 개인에게도 장래가 걸린 중대한 문제지만 크게 보면 농구부의 운명까지 걸려 있다. 그러니 코치들에게 아이들이 스스로 깨우

진짜 중요한 건 좋아하는 마음

치고 발전하도록 기다려줄 시간 따위는 없다. 말로 잘 타이르는 것보다 체벌로 단기간에 빠른 효과를 내야 하니까. 그러나 체벌은 결국, 파국이다.

뺨을 맞은 날, 경기가 다시 시작되자 나는 계속 골대로 슛을 던졌다. 하지만 더이상 골을 넣고 싶어서, 열심히 하고 싶고 잘하고 싶어서 던지는 슛이 아니었다. 그저 맞지 않기 위해 공을 던졌다. 그야말로 생존을 위한 농구. 이렇게 되면 선수는 더이상 농구코트가 반갑지 않다. 농구공이 꼴도 보기 싫어진다. 농구를 하면 할수록 계속 맞을 일이 생기니까.

　　코치는 선수들의 이런 모습을 보며 착각한다. 이제야 좀 정신을 차린다고, 체벌을 가해야 선수들이 빠르게 잘 받아들인다고 말이다. 이것이 체벌에 점점 중독되는 이유다. 교육 목적으로 어느 정도는 체벌이 필요하다고 생각하다보니 체벌의 수위도 점점 높아지고 코치는 더욱 폭력적으로 바뀌어간다. 더 큰 문제는 이러한 폭력은 무조건 대물림된다는 데 있다.

　　내가 2등 언니를 앞질렀던 날. 그 언니는 제발 앞서가지 말라고, 네가 앞지르면 나는 또 맞아야 한다고, 그러기는 너무 싫다고 마음속으로 외치고 있었는지도 모른다. 실제로 그날 2등 언니는 코치에게 배를 꼬집혀 멍이 들었고 평소에도 코치가 던진 농구공에 많이 맞았다. 만약 그 코치가 다른 선수들과 언니를 비교하지 않았거나 체벌을 가하지 않았더라면, 과연 언니가 나에게 그렇게 소리칠 일이 있었을까. 결국 그 언니도 얼마 안 가 농구를 그만두었다.

남자 선수들이 받은 체벌은 더 심한 폭력이었다. 아니, 학대라고 봐도 무방했다. 경기하다 실수가 나오거나 지시대로 작전을 따르지 못했을 경우, 뺨 때리기는 물론 발길질에 로커룸으로 끌고 들어가기도 했다. 더욱 경악을 금치 못했던 사실은 그 선수의 아빠라는 사람 또한 그런 코치를 말리지 않았다는 것이다. 오히려 그가 아들에게 한 말은 "좀 맞아야 큰다"였다.

이런 부당한 체벌 속에서 어린 선수들이 도움을 요청할 곳은 부모님뿐이다. 가장 먼저 지켜주고 보호해줘야 할 사람들도 당연히 부모님이다. 하지만 부모님조차 폭력을 당연시한다면 아이들은 더이상 갈 곳이 없다. 포기하고 싶어도 그만둘 수 없거나, 절망한 채로 꾸역꾸역 선수생활을 이어나가야한다. 그러다보면 더 끔찍한 일까지 벌어지곤 하는 것이다.

이외에도 선수들은 다양한 폭력적 상황에 노출될 수 있다. 팀 스포츠의 경우 코치는 선수 선발 권한을 가지고 있고 개인 종

진짜 중요한 건 좋아하는 마음

목일지라도 팀에 주어진 예산을 좌지우지한다. 그렇기 때문에 선수들은 본인들의 미래가 걸려 있다는 생각에 목소리를 내기가 쉽지 않다. 이런 경우 선수들은 대개 운동을 계속할 만큼 소중한 목표나 꿈이 없다면 운동을 그만둔다. 아니면 살아남기 위해 자기 자신과 싸우는 선택을 하거나.

농구는 팀 스포츠다. 선수들 간의 관계가 팀워크에 큰 영향을 미친다. 서로의 생존을 위해 필연적으로 협력해야 하고 그 과정에서의 마찰은 불가피하다. 이 과정을 너무 어린 나이에 겪기 때문에 팀 스포츠에서 코치의 역할이 더욱 중요하다. 하지만 선수들을 체벌로 복종시키는 사람이 팀의 리더라면 선수들 간의 팀워크도 같은 방식으로 이루어지기 마련이다. 이런 환경에서 훈련해온 선수들은 학교에서도, 사회적 관계에서도 비슷한 방법을 사용한다. 다른 방법은 배워본 적이 없기 때문이다. 이렇게 후배가 선배가 되고 선배가 지도자가 되면서 폭력이 재생산된다.

체벌을 가하는 근본적인 이유는 바람직하지 않은 행위를 억제하기 위해서일 것이다. 나도 학교와 학원에서 매를 맞았다. 숙제를 안 했다고, 복도에서 뛰어다닌다고, 수업시간에 떠든다고 맞았다. 이 글을 읽고 있는 사람 중에서도 체벌이 필요하다고 생각하는 이가 있을지도 모르겠다. 물론 잘못된 행동을 하는 아이에게 따끔한 쓴소리는 필요할 테다. 하지만 아이를 때려도 되는 상황 같은 건 없다. 때려도 되는 사람도 없다. 누군가에게 폭력을 행사할 권리는 그 누구에게도 없다.

인간은 실수도 하고 잘못도 하면서 그것들을 교정해나가는 과정을 통해 성숙한 개인이 된다. 배우는 사람에게 올바른 방법으로 올바른 가르침을 주어 자신의 잘못을 스스로 깨닫게 하기 위해서는 가르치는 사람이 뼈를 깎는 노력을 해야 한다. 말귀를 못 알아듣는 것 같고 잔소리가 계속 반복되는 것 같아도 천 번이고 만 번이고 말로 알려주어야 한다. 그래야만 아이들은 말로써 표현하는 방법을 배우게 되고 폭력이라는 악의 고리를 끊어낼 수 있다.

돌이켜보면 나도 참 많이 맞았다. 아빠의 돼지 저금통을 털다 걸리기도 하고, 수업시간에 하도 까불어서 학교에 엄마가 불려가는 일도 있었다. 매의 종류도 다양했다. 효자손, 파리채, 리모컨, 밀대 등. 어지간한 사고뭉치였다.

내가 삶을 대하는 태도가 결정적으로 바뀌었던 순간들이 있다. 스키 선수를 꿈꾼 순간, 내 걱정에 엄마가 눈물 흘린 순간, 경쟁자임에도 불구하고 동료가 내 무릎에 테이핑하는 법을 가르쳐주었던 순간이다. 마음속 깊이 스키를 잘 타고 싶은 마음, 엄마를 걱정시키고 싶지 않은 마음, 나도 동료처럼 따뜻한 사람이 되고 싶다는 마음이 진심으로 일렁일 때 나는 바뀌었다. 만약 내가 조금이라도 그럴싸한 어른으로 성장했다면 그건 정말 나를 위한 것이 무엇인지 알고, 따뜻한 마음을 써주었던 사람들이 계속해서 내 곁에 있었기 때문이다.

천재는 노력하는 사람을 이길 수 없고 노력하는 사람은 즐기는 사람을 못 당한다. 물론 이 말은 즐기는 사람이 노력하지 않는다거나 뭐든 쉽게 한다는 뜻이 아니다. 힘들고 어렵더라도 그것마저 즐겁게 하는 것. 이때 가장 중요한 것은 좋아하는 마음이다. 농구를 좋아하는 마음. 스키를 사랑하는 마음. 폭력은 이런 마음을 갉아먹는다.

어릴 적 나는 농구코트 위에서 드리블하고 골대에 공을 넣는 것이 너무 재밌었다. 멀리서 던진 슛이 골대에 들어갈 때, 그물에 '촤락' 하고 '탁!' 들어가는 느낌. 그 느낌이 너무 좋았다. 그래서 공을 조금이라도 더 빨리 만지고 싶어 훈련에도 일찍 갔고 쉬는 날에도 집 앞 학교의 농구코트로 향했다. 농구공을 튀기고 던지는 모든 것이 너무 좋아서, 그러니까 농구를 더 잘하고 싶어서다. 선수의 가슴속 깊이 이런 마음이 있어야 어떤 위기가 닥쳐도 끝내 농구공을 놓지 않는다. 우리가 지켜주어야 할 것은 이런 귀하디귀한 마음 아닐까.

행복한 스키 선수

꿈이 있다는 것 자체가 특별한 일이라 생각했다. 내가 좋아하는 게 무엇인지, 내가 잘하는 게 무엇인지 아는 것만으로도 행운이라고. 하지만 끝내 우리를 가장 가슴 아프게 만드는 것도 꿈 아닐까. 이루어지지 않는 꿈도 있는 법이니까.

운동선수라면 누구나 한 번쯤은 올림픽의 꿈을 가슴에 품어볼 것이다. 이렇게 가슴속에 품은 꿈은 큰 버팀목이 되어 그 꿈을 향해 달려가는 과정에서 수없이 마주해야 하는 고난과 시련을 견디게 해준다. 그러나 너무 꿈에 매달리다보면 정작 운동하는 재미를 잊어버리기도 한다. 꿈에 대한 절실함이 과정 속의 진짜 소중한 것을 망각하게 만드는 것이다.

내가 그랬다. 스키가 좋아 선수생활을 시작하긴 했지만 잘하고 싶은 마음이 너무 커지다보니 결과가 좋지 않으면 낙담했다. 그래서 매일같이 높은 목표를 세우고 그 목표를 이루기 위해 하루를 통째로 갖다 바쳤다. 운동할 때나 스키 탈 때, 하물며 학교생활이나 사회생활을 할 때도 온 초점을 스키에 맞췄다. 그런데도 늘 부족한 부분은 없는지 무언가 더 해야 하는 건 아닌지 불안해했다.

당연히 항상 잘할 수만은 없다. 넘어지기도 하고 완주하지 못할 수도 있으며 부상이나 컨디션 난조로 아예 스타트 라인에 설 수 없는 상황이 오기도 한다. 이럴 때 잘하려고만 하면 한없이 불행해진다. 오직 성취와 결과에만 의미를 부여하면 내가 그 과정에서 쏟은 노력과 시간이 무가치해지는 것이다.

올림픽 창시자인 피에르 드 쿠베르탱은 이렇게 말한다. 올림픽의 의의는 승리에 있는 것이 아니라 참가에 있으며 인간에게 중요한 것은 성공보다 노력이라고. 내가 베이징동계 올림픽에서 마음껏 기량을 펼쳐보고 싶었던 회전 종목도 한 경기에 대략 1분이고 하루에 두 번 경기를 치르고 나면 끝이다. 그토록 꿈꾸던 순간이 고작 하루, 아니 어쩌면 1분 내에 끝날 수도 있는 것이다. 더군다나 올림픽은 4년에 겨우 한 번. 아무리 원하는 결과를 만들어냈다 한들 그 찰나의 순간만을 위해 4년 동안 하고 싶지도 않은 일을 하며 억지로 꾸역꾸역 보낸다면, 과연 그 인생이 행복하다 말할 수 있을까. 또한 그 결과가 좋을지 안 좋을지는 아무도 모를 일이다.

그 찰나의 순간보다 내가 좋아하는 것을 잘해내기 위해 열심히 노력하는 과정 자체가 훨씬 소중하다. 그러니 인생이라는 긴 여정에서 나만은 나에게 그동안 열심히 살아왔다고, 기특하다고 격려해주어야 한다. 나는 꿈을 향해 달려가는 과정에서 어떤 사람으로 살고 싶은지 고민하며 내가 보내온 시간의 가치를 귀하게 여기려 애썼다. 그러자 조금 속상한 일이 있을 때도 즐겁고 행복한 순간들을 떠올리며 스스로에게 괜찮다는 말을 해줄 수 있게 되었다.

어쩌면 우리는 성공의 기억이 아니라 노력의 기억을 가지고 살아가는 게 아닐까. 각자 이런 기억 하나쯤은 있을 것이다. 밤늦게까지 독서실에 남아 문제집을 붙든 기억, 시험 날 아침 일찍 등교해 텅 빈 교실 문을 열었던 기억. 학창 시절 중간고사 점수는 정확히 기억하지 못하지만 쏟아지는 잠을 견디며 노력한 경험은 기억하는 법이다. 이처럼 삶의 태도를 결정하는 것은 시험 점수도 아니고 올림픽에서의 결과도 아니다. 올림픽에 나가기 위하여 숨이 턱 끝까지 차올라도 꾹 참고 뛰어본 기억, 두려워도 눈 질끈 감고 힘차게 출발해본 기억. 우리는 이런 경험을 토대로 계속해서 열심히 살 수 있게 된다.

비록 나는 올림픽에서 원하는 결과를 얻지는 못했지만 앞으로 스키를 타며 그 과정을 더더욱 만끽해보려 한다. 성공

행복한 스키 선수

한 스키 선수를 꿈꾸는 대신 행복한 스키 선수가 되어보려 한
다. 잘하고 싶어서 죽을 만큼 노력했던 것처럼, 다시 그 과정을
최대한 재밌게 보내는 것도 내 마음먹기에 달렸으니까.

우리가 만들어갈 더 좋은 이야기

중학교 3학년 2학기. 한동네에 오래 살았던 나는 가고 싶은 고등학교가 따로 있었다. 다른 중학교에 진학하며 멀어진 친구들과 다시 만날 수도 있고, 지금 친한 친구들과도 계속 볼 가능성이 가장 높은 학교였다. 하지만 그 학교에는 이미 운동부가 하나 있었기에 스키부를 창단할 수 있는 다른 학교로 가야만 했다.

고등학생이 된다는 건 학생으로 치르는 첫번째 전쟁인 대학입시를 본격적으로 시작한다는 뜻이다. 방과후 근처 롯데리아에서 함께 양파맛 양념감자 봉지나 흔들어 먹던 친구들이 고등학교에 진학할 때가 되자 하나둘씩 공부에 집중하기 시작했다. 그런 만큼 학교의 공기가 미묘하게 바뀌어 있었다. 스키선수로서 꿈을 이루기 위해 프랑스에 다녀온 나만큼이나 친구들도 사뭇 달라져 있었던 것이다.

그때 내가 느낀 복잡 미묘한 감정을 잊을 수 없다. 특히 수업시간에 열심히 공부하는 친구들의 뒷모습에서 느껴지던 낯선 분위기. 나와는 다른 길을 걷게 될 친구들, 친구들과는 다른 길을 걷게 될 나. 이제는 학교에서 함께 지지고 볶으며 생활했던 모든 기억이 추억으로만 남게 될 것 같았다. 영원히 못 보는 것도 아닌데 나만 혼자 동떨어진 학교로 가야 한다는 게 무척 섭섭했다.

어릴 때부터 비슷한 경험을 많이 했다. 농구선수가 되어 새로운 학교로 첫 등교를 하던 날, 선생님이 나를 반 학생들에게 소개했다. 처음 겪어보던 상황인데다 앞에 앉은 학생들도 모두 모르는 얼굴이라 낯설었다. 하지만 다시 원래 다니던 학교로 돌아왔을 때는 달랐다. 내가 선생님을 따라 앞문으로 들어가던 순간 친구들은 "오~ 강영서 뭔데!"라며 '찐' 부산 리액션으로 반갑게 맞아주었다. 따로 소개하지 않아도 되겠냐는 선생님의 물음에 "네" 하고 크게 돌아오던 대답이 그렇게 감동적일 수가 없었다. 나를 반겨주는 사람들이 있는 곳으로 돌아왔다는 게 행복했다.

중국에 처음 전지훈련 가던 날도 그랬다. 친구들이 김해공항까지 마중나와 잘 다녀오라며 플래카드를 흔들어주었고, 귀국했을 때도 잘 다녀왔냐며 반갑게 맞아주었다. 체력 훈련이든 설상 훈련이든 부산을 떠났다가 돌아올 때마다 반겨주는 친구들이 있었다.

그러나 그때, 중학교 3학년 때는 평소와 느낌이 좀 달랐다. 여느 때와 다름없이 나는 다시 학교로 돌아왔고 같은 공간 안에 앉아 있었지만 이제는 각자의 길을 찾아 떠나고 있다는 느낌. 언젠가 이렇게 되리라 어렴풋이 알고 있었지만 그런 순간이 지금이 될 줄은, 이렇게나 빨리 올 줄은 몰랐다. 막상 닥쳐온 현실 앞에서 점점 나의 삶을 스스로 책임져야 할 나이가 다가오고 있음을 마주하니 마음이 무거워졌다.

이별의 아픔으로 감상에 젖는 것도 잠시, 나와 친구들은 살아남기 위해 각자의 일을 해내야 했다. 나는 해외로 훈련을 더 자주 나가기 시작했고 국가대표가 되면서부터는 달마다 강원도로 합숙 훈련에 들어갔다. 친구들은 하루종일 책상에 앉아 공부했고 학교를 마치면 집이 아닌 학원으로 향했다. 그렇게 우리는 각자의 삶을 치열하게 살아내기 바빴다.

고등학생 때는 합숙 훈련이 없을 때면 친구들을 볼 수 있었다. 가끔 주말에 밥도 먹고 친구들 야간자율학습 끝날 시간에 맞춰 학교에 놀러가기도 했다. 하지만 대학생이 되면서부터는 그마저도 힘들어졌다. 주로 서울에서 생활하다보니 추석같이 큰 명절이나 전지훈련에 필요한 짐을 쌀 때만 집에 갈 수 있었기 때문에. 그래서 친구들은 내가 부산에 내려갈 때면 항상 시간을 맞춰주었다. 부모님들도 "영서랑 있다"고 하면 늦은 귀가도 눈감아주었다. 자주 오지 못하는 만큼 그 시간을 귀하게 여겨주신 것이다.

지금은 친구들이 대부분 직장인이 되었다. 대학교를 졸업하던 때만 해도 취업 준비로 많이들 힘들어했는데 다들 각자의 삶을 스스로 책임지는 멋진 어른이 되어가는 중이다. 출근길에 영혼이 가출했다가도 퇴근만 하면 눈이 반짝이고, 월요병에 시달리면서도 주말이 되면 취미생활을 하거나 가족들과 함께 여행을 가기도 하는, 그런 귀염뾰짝한 사회 초년생 말이다. 그러다 사랑하는 사람이 생기면 새로운 가정을 꾸리기도 할 것이다.

친구들이 하나둘 자신의 삶을 이끌어나가는 모습을 보기 시작하니 괜히 마음이 싱숭생숭한 건 왜일까. 평범한 일상을 누리며 안정적으로 잘 살아가는 모습에 기뻐하면 그만이지, 왜 이런 기분이 드는 걸까. 그러다 문득 내가 뭔가 크게 착각하고 있었다는 생각이 들었다.

나는 스키 선수다. 경쟁이 곧 나의 직업인 셈이다. 여태껏 나에게는 빠르게 달리는 것이 중요했다. 그중에서도 가장 빨리 달릴 줄 아는 사람이어야 했다. 그래서 빠르게 가는 것이 잘사는 거라고 생각했다.

고등학교 때 첫 올림픽에 나갔던 나는 내심 내 또래들보다 앞서가고 있다 생각했다. 우여곡절이 없지는 않았지만 그래도 내가 하고 싶은 일을 하며 살고 있으니 꽤 괜찮은 삶이라 생각도 하면서. 하지만 시간이 흐르고 친구들을 보며 다시금 깨달았다. 빠르게 간다고 다 좋은 것만은 아니라는 사실을. 그저 저마다의 방향과 보폭이 다를 뿐이라는 것을. 그렇기에 마침내 각자의 자리에서 지금의 삶을 누릴 수 있는 것일 테다.

그동안의 나는 스키 선수로서의 성공만을 바라보고 달려왔다. 분명 그 속에서도 기쁘고 좋은 일들이 많았지만 그만큼 내가 포기해야 하는 것들도 많았다. 이를테면 학창 시절에만 느낄 수 있는 친구들과의 추억이라든지, 고된 하루를 마치고 집으로 돌아가 가족들과 함께하는 평범한 식사 한 끼라든지. 나는 그런 일상들을 친구들을 통해 보면서 그동안 내가 느껴왔던 감정의 정체를 알게 되었다. 소소하지만 그 자체만으로도 소중한 일상에 대한 그리움이었음을. 멀리서 훈련하고 고향에 돌아와서도 더이상 돌아갈 수 없는 순간이 있다는 사실에 쓸쓸했음을. 어쩌면 운동선수란 특별해지기 위해 진짜 특별한 것들에서 점점 멀어지는 삶을 사는 사람들일지도 모르겠다.

나는 선수라는 이유만으로 항상 응원받던 사람이었다. 그래서 때로는 세상 모두가 나를 평가할 때, 그런 그들의 시선에 끌려다닐 때, 언제나 돌아갈 수 있는 친구들이 있다는 것이 큰 위안이었다. 그런 친구들 덕분에 오늘도 내가 좋은 이야기 속에 있음을 알아챈다. 앞으로 우리가 만들어갈 더 좋은 이야기 속에서도 나는 그들과 함께 있다.

나에겐 돌아갈 곳이 있다

얼마 전 이사를 했다. 여전히 거실은 엉망진창이다. 도대체 이 많은 짐들은 다 어디서 나온 걸까. 역시 삶의 터전을 옮기는 일은 보통 일이 아니다. 다행히 나는 전지훈련 갈 짐을 미리 다 챙겨놓았다.

내가 짐을 쌀 때면 도와주는 스타일이 가족마다 제각 각이다. 일단 엄마는 센스 만점형. 그때그때 필요한 것만 딱딱 도와주고 지칠 때쯤 입에 귤 하나를 넣어주는 센스쟁이다. 오 빠는 필요하면 불러라형. 정작 부르면 잘 안 오는 형님이지만 진짜 도움이 필요할 땐 꼭 나타난다. 마지막으로 아빠는 중복 체크형. 아빠는 내가 빠뜨린 것은 없는지 하나부터 열까지 다 일일이 체크한다. 그러니 퇴근하시기 전까지는 채비를 마무리 해놓는 게 신상에 좋다.

어렸을 때는 훈련하러 갈 때마다 부모님이 항상 나를 픽업했다. 공항이든 강원도든 부산에서부터 부모님이 나를 태

우러 오신 것이다. 아빠는 스키를 좋아하는 본인 때문에 내가 선수가 되어 괜한 고생을 한다며 걱정한다. 하지만 진짜 고생은 가족들이 더 한다. 내가 면허를 딴 후로 픽업 빈도가 많이 줄어들긴 했지만 장성한 딸을 뒷바라지하느라 여전히 고생이시다.

해외로 훈련 다니다보면 가끔 여행 온 기분이 들 때가 있다. 그럴 때마다 머릿속을 스쳐지나가는 것은 단연 가족들의 얼굴이다. 스위스 체르마트에서 스키를 타보는 게 로망이라는 아빠, 언제 한번 딸과 해외여행 가보냐는 엄마, 오빠는 그냥 오빠. 물론 항상 가는 곳이 스키장뿐이라지만 문득문득 멋있는 풍경을 보거나 맛있는 음식들을 먹을 때면 늘 가족들 생각이 난다. 일상적인 순간에 특히 생각이 많이 나는 사람은 엄마다. 일본에서 따뜻한 온천욕을 할 때, 스위스 숙소 창가에 앉아 커피를 마실 때, 뉴질랜드 호숫가를 걷거나 가끔 근사한 저녁을 먹을 때, 그럴 때면 이곳에서 나와 함께하며 무척이나 기뻐할 엄마를 그려보곤 했다. 그러다 문득 엄마 생각만 한 것이 미안해지면 근황 사진을 몇 장 골라 가족 단톡방에 올렸다. 아빠의 답장은 늘 비슷한 패턴이다. "몸조심 하삼" "열심히 하삼". 내가 연락이 뜸할 땐 "사진 좀 더 보내주삼".

오빠는 수도권에서 생활하는지라 급할 때 늘 든든한

지원군이 되어주었다. 특히 몸이 안 좋은 상태로 출국해야 할 때면 오빠가 공항까지 운전해주고 짐을 대신 날라주었다. 몸이 전부인 동생이 아플세라 대놓고 걱정이다. 내가 처음 무릎을 수술했을 때 태릉 근처 자취방을 알아봐준 것도 오빠였다. 마침 군대 휴가 나온 오빠가 군화도 갈아신지 못하고 짬을 내어 동생 방을 보러 다녔다지. 그때는 참 군인 아저씨 같았는데 지금 생각해보면 참으로다가 새파랬다.

가끔 스키를 타는 것이 너무 행복하다가도 그냥 사라지고 싶은 순간들이 있다. 질리도록 경쟁해야 할 때, 노력하는데도 계속해서 성적이 떨어질 때, 응원과 격려를 받고 싶은데 그렇지 못할 때. 그럴 때면 원래 없었던 사람처럼 사라지고 싶어졌다. 내가 스키 선수인 것을 아무도 모르는 곳으로, 내가 스키 선수가 아니어도 되는 곳으로, 그냥 나 자신처럼 굴어도 되는 나의 집으로 말이다.

　　　부산과 스키장. 멀리 떨어져 있는 만큼 번거로운 일도 많지만 스키에서 잠시 떨어져 있고 싶을 때는 집이 부산이라는 게 참 다행이라는 생각이 들었다. 스키를 내 삶의 전부로 여기며 살다보니 스키 생각에서 벗어나고 싶어도 그러기가 쉽지 않았다. 하지만 가족들과 함께 있거나 친구들과 부산의 아무

바다나 거닐 때면 잠시나마 스키 생각을 하지 않을 수 있어 좋았다. 실제로도 부산은 스키장과는 전혀 딴 세상이니까 왠지 마음이 편안해졌다.

그런 만큼 중요한 대회를 앞두고 있을 때면 일부러 집에 가지 않기도 했다. 스키장에서 그 피 튀기는 경쟁을 견뎌내려면 정서를 그곳에 맞게 유지해야 하니까. 둥지 안에 너무 오래 있다보면 날갯짓할 필요성을 못 느끼게 되는 것처럼 익숙하고 다정한 가족들의 품에서 안일한 마음이 될까 두려웠다. 왜냐하면 잘해야만 하니까, 잘하고 싶으니까. 그렇게 익숙한 외로움과 열등감, 그리고 스키에 풍덩 빠져 있을 때만 느낄 수 있는 환희를 여러 번 반복해서 겪다보면 어느덧 겨울이 끝나 있었다.

그럼에도 잘하든 못하든 돌아올 곳이 있다. 그걸 아니까 더욱 있는 힘껏 달려볼 용기를 낼 수 있다. 이왕이면 나를 기다리는 가족들을 웃게 하고 싶다는 마음으로, 잘해내는 모습을 보여주고 싶다는 마음으로.

겨울 시즌을 앞둔 지금, 우당탕탕 구르다보면 어느새 또 봄이 되어 나는 집으로 흘러가 있을 것이다. 그때쯤이면 난장판이었던 거실도 말끔히 정리되어 있겠지.

먼 곳으로 훈련을 떠나기 전 이사 덕분에 온 가족이 옹기종기 모일 수 있어 좋았다. 다 같이 둘러앉아 이렇게 엄마의 따스운 밥을 먹은 지도 꽤 오래된 것 같다. 시간이 지날수록 가족들 얼굴 보는 일이 점점 줄어든다. 핀란드에 도착하면 전화라도 자주 해야겠다. 아무튼 잘 다녀오겠삼!

나에겐 돌아갈 곳이 있다

눈이 다 녹아버리기 전에

가끔 스키가 역사 속으로 사라질 수도 있겠다는 생각을 한다. "애야, 라떼는 말이야. 스키라는 스포츠가 있었단다. 추운 겨울에 얼음을 곱게 간 것 같은 상태로 하늘에서 내렸던 눈이란 것 위에서, 좁고 기다란 막대기를 타고 내려가는 운동이었지. 이 할미가 그걸 꽤 잘했어. 흥흥." 뭐 이런 말을 하는 날이 올지도 모르겠다는 공상이다.

앞서 말했듯 나의 첫 여름 전지훈련 장소는 프랑스 티뉴였다. 티뉴는 스키장 정상이 해발 3000미터가 넘어 여름에도 스키를 탈 수 있고, 마을 근처 호수에서는 여름 스포츠도 함께 즐길 수 있어 여름과 겨울을 동시에 느낄 수 있는 곳이다. 그래서 가족들과 한 번쯤은 와볼 만하다고 생각했었는데……

2012년에는 만년설이었던 티뉴 스키장이 안타깝게도 최근 몇 년 동안 빙하가 조금씩 녹으면서 1년 내내 스키를 타는 것이 불가능해졌다고 한다. 올해만 해도 이상하리만큼 날씨가 따뜻해 전 세계적으로 적설량이 그리 많지 않았다. 심지어 몇몇 월드컵은 눈이 없어 취소된 경우도 있었다.

은행에 취직한 한 친구는 흔히들 말하는 '취업 뽀개기'에 성공하고 난 뒤 무척 기뻐했다. 한편 친구 부모님은 취업 소식에 기뻐하면서도 나중에 AI가 은행 업무를 대체해 은행원이 필요 없어지는 시대가 오면 어떡하냐는 걱정을 하셨다고 한다. 그런 친구의 말을 들으니 자연스레 운동선수의 미래에 대해 생각해보게 되었는데, 그때만 해도 스포츠는 절대로 AI가 대체할 수 없어 다행이라 여겼다. 우리가 스포츠에 열광하는 가장 큰 이유는 재미와 감동이니까.

　　김연아 선수가 2010 밴쿠버동계올림픽에서 금메달을 목에 걸고, 손흥민 선수가 아시아인 최초로 프리미어리그에서 득점왕을 차지하는 등, 그런 모습을 볼 때면 우리의 가슴이 뜨거워진다. 아마 같은 한국인으로서 자긍심을 갖기 때문일 수도 있겠지만, 인간이 가진 신체적·환경적 한계를 뛰어넘는 짜릿한 경험을 공유하는 것이 가장 큰 이유가 아닐까 한다. 인간 선수들을 AI 기계가 대체한다면 인간보다 더 잘할 수는 있겠지만 그 감동은 와장창 깨지고 만다. 바로 인간이라면 누구나 공감할 수 있는 한계, 그 한계를 뛰어넘는 모습을 보면서 사람들은 감동받기 때문이다. 하지만 기계는 우리와 전혀 다른 존재이기에 아무리 잘 만든 한국산 기계가 세계에서 최고가 된다 한들 같은 감동을 느끼기란 쉽지 않을 것이다. 그런 기계를 만든 사람에게 관심을 갖게 될지는 몰라도 말이다.

아무튼, 어차피 운동선수라는 직업의 수명이 그렇게 긴 편도 아니고 또 인공지능의 시대가 오려면 아직은 좀 먼 것 같으니 미리 걱정할 필요는 없겠다고 생각했다. 정작 문제는 AI가 아니라 기후변화에 있음을 까맣게 잊고 있었다.

나는 스키 선수를 완전히 은퇴하더라도 스키는 계속해서 즐기고 싶다. 또 다음 세대 선수들의 성장을 응원할 수 있다면 무척 기쁠 것이다. 하지만 언젠가는 하얀 설원은커녕 잔디 위에 기문을 꽂고 인라인스케이트를 타는 것만으로도 감사해야 하는 세상이 올지도 모르겠다. 만약 그렇게 된다면 스키계에 종사하고 있던, 소위 '눈밥'을 먹고 있던 사람들은 어떻게 되는 것일까. 주변의 호텔이나 식당 등등 관광업에 의존하는 사람들 역시 휘청거릴 수밖에 없을 텐데.

물론 그런 상황이 오면 실내 스키장을 이용하거나 산악자전거 및 하이킹 코스 등 여름 관광지를 더 개발하게 될 것이다. 모두의 생존을 위해서라면 그때의 환경에 맞게 또 어떻게든 변화하기 마련이니까. 하지만 그렇게 되면 지금처럼 뺑

뚫린 광활한 대자연에서 스키를 타는 일이 정말 추억으로만 남게 될 것이다. 그런 상상을 하면 정말이지 암울해진다. 스키장이 사라질 지경이라면 과연 인류는 무사할까. 우리는 어떻게 해야 하는 것일까.

　　동료들과 이런 이야기를 나눌 때면 스키는 딱 선수생활까지만 하는 것이 좋겠다며 뼈 있는 농담을 주고받곤 했다. 은퇴 후에 만약 스키장과 관련된 일을 한다면 설 자리가 없을 수도 있겠다는 생각을 하며. 물론 지금으로서는 너무 먼 이야기 같지만 그렇다고 가볍게만 볼 문제는 아닌 것 같다. 우리가 재난 영화에서나 보았던 팬데믹을 실제로 겪게 된 것처럼, 언제 어디서 어떤 돌발 상황이 벌어질지 모르니까 말이다.

　　인생에는 반드시 대가가 뒤따르기 마련이다. 지금이야 나도 즐겁게 선수생활을 하고 있지만 현재 누리는 것들이 언제나 내 곁에 있을 거란 착각은 하지 말아야겠다. 그러니 더더욱 내가 정말 하고 싶은 일들로 하루하루를 채우고 오늘 누릴 수 있는 것들을 마음껏 더 즐겨야지. 나의 건강만큼 지구의 건강도 챙기면서 말이다.

눈이 다 녹아버리기 전에

용기, 두려워도 하는 것

2014년 12월, 한국에서 열린 작은 국제 대회에 참가했다. 오른쪽 무릎 수술 이후 복귀했던 첫 대회여서 그런지 긴장이 많이 되었다. 스키를 다시 신게 된 지도 얼마 되지 않은 시점이라 처음부터 다시 시작해보자는 마음이었다. 천천히 차근차근, 그냥 연습이라 생각하고 가볍게 한번 타보자고.

결과는 충격적이었다. 올림픽 출전권을 따냈을 때의 세계 랭킹과 무려 1000등 이상 차이가 났다. 기문을 타고 내려오면서 조금 헤맸다고는 생각했지만 이 정도일 줄은 몰랐다. 내가 생각했던 '처음'이 이 정도는 아니었는데…… 내 상태의 심각성을 알아차리고는 어떻게 하면 원래 기량을 되찾을 수 있을지 밤낮없이 고민했다. 자다가도 "스키 어떡해"라며 잠꼬대할 정도로. 공교롭게도 복귀 시즌부터 부상 이외에도 여러 가지 안 좋은 상황을 많이 겪었던 나는 하루하루를 버텨내기에도 급급했다. 그렇게 제자리로 오는 데까지만 2년, 세계 랭킹 100위안으로 진입하는 데까지는 5년이 걸렸다.

　　나는 훈련이나 대회 때 웬만해서는 넘어지지 않는 선수였다. 동시에 경기력의 기복이 심해 대회 완주율도 그리 높지 않았다. 넘어지지 않는데 완주율이 높지 않다니 아이러니하게 들릴 수도 있겠다. 그 이유는 이랬다.

　　무릎 수술 이후, 내 무의식 속에는 다시는 다치고 싶지 않다는 마음이 깊게 박혀버렸다. 그래서 꽝꽝 얼어 있는 얼음 코스를 볼 때면 두려움에 휩싸였다. 스키를 탈 때 힘을 강하게 썼다가는 미끄러질 것 같고, 미끄러졌다가는 일어나서는 안 될 일이 일어날 것 같고. 그렇게 경직된 마음은 온몸에 고스란히 전해졌다. 아무리 멘털을 잡으려 해봐도, 할 수 있다며 자신 있게 달려야 한다고 수없이 되뇌어봐도, 얼음 위에만 서면 고장이 나버렸다. 몸이 굳어버려 오히려 넘어지지 않은 것이다.

　　코스가 눈인지 얼음인지에 따라 경기 결과의 기복이 심했고, 경기중 망설이는 순간들이 나타날 때면 기문을 놓치는 일도 빈번히 일어났다. 넘어지는 일이 별로 없었는데도 불구하고 완주율이 그리 높지 않았던 이유는 여기에 있었다. 눈이 오거나 안개가 끼어 시야 확보가 잘되지 않는 날도 마찬가지였다. 이런 날은 코스 답사를 꼼꼼히 했다 하더라도 언제 어디서 어떤 변수가 일어날지 몰랐다. 기문을 타고 내려갈 때 코스의 눈 상태나 지형 변화 파악이 어려워 돌발 상황에 대한 빠른 대처가 어려웠던 것이다. 그러면 그럴수록 부담감은 점점 더 커져만 갔다.

2023년 2월, 일본에서 대륙컵 대회가 있던 날, 1차전을 마치고 2차전 코스 답사를 위해 리프트에 탑승했다. 같이 탄 한 후배 선수가 이렇게 물어왔다. "언니도 스키 탈 때 무서웠던 적이 있어요?" 평소에는 괜찮은 척했지만 그날은 왠지 모르게 "당연하지, 언니도 엄청 무서워!"라는 말이 튀어나왔다. 세 번의 올림픽을 비롯해 10년 가까이 국가대표였던 스키 선수가 스키를 타는 것이 무섭다니. 동생은 놀라는 눈치였다.

어떤 일이든 마찬가지겠지만 선수들은 수많은 두려움과 마주해야 한다. 부상에 대한 두려움, 결과에 대한 두려움, 다른 사람들의 평가에 대한 두려움 등등. 나 역시 스키를 타면서 즐겁고 행복하기도 했지만 두려웠던 것도 사실이다. 그럴 때마다 나 자신이 바보 같고 한심하게 느껴질 때가 많았다. 스키 선수가 스키를 타는 것이 두려운 게 말이 되느냐고, 그래서는 절대 안 된다고 말이다. 하지만 내가 그런 시간을 보내온 만큼 그 동생에게는 이렇게 얘기해주고 싶었다. 나도 많이 두렵다고, 그래도 하고 싶은 것이 두려움 너머에 있으니까 그냥 하는 거라고. 그러니 두려워도 애쓰고 있는 너를 더 응원해주라고 말이다. 어쩌면 이 말은 후배 선수가 아닌, 선수생활 내내 나에게 해주고 싶었던 이야기였는지도 모르겠다.

그동안 매일 밤 자기 전 일기장과 운동 일지를 펼쳐놓고 어떻게 하면 이 두려움들을 마주하지 않을 수 있을지, 또 마주했을 때는 어떻게 해야 하는지 수없이 고민하고 또 고민했다. 그 고민의 과정을 쓴 노트가 한 권 한 권 쌓여갔다. 나만의 멘털 노트다. 이런 노력 덕분에 어느 땐 아예 두려움이 생기지 않았고, 어느 땐 두려움을 마주해도 결국 이겨낼 수 있었다. 물론 다시 주저앉게 될 때도 있었지만.

"용기를 내라. 용기는 도끼날과 같아 쓰면 쓸수록 빛난다."(박노해, 『걷는 독서』, 느린걸음, 2021, 226쪽)

일기장에 적어두고 자주 되새기는 말이다. 앞으로도 스키 선수로서뿐만 아니라 새로운 도전이나 출발선 앞에서 적어도 나 자신에게 두려워해서는 안 된다고 이야기하지는 않으려 한다. 오히려 두려운 게 당연하다고, 두려움에도 불구하고 용기를 냈으니 조금만 더 힘을 내자고 말해줄 것이다. 두려워

용기, 두려워도 하는 것

도 해야 하니까, 그래야만 결국 할 수 있게 되니까. 우리의 꿈
은 두려움 너머에 있으니까.

처음 스키를 신었던 그 순간으로

2023년 3월, 국가대표에서 은퇴했다. 여러 가지 이유가 있었지만 결정적으로 스키 타는 것이 더이상 즐겁지 않았다. 최고의 스키 선수가 되는 것을 삶의 목표로 두고 살아오다보니 어느 순간부터 최고가 되기 전까지는 그 과정을 즐길 수 없는 사람이 된 듯했다.

국가대표팀으로 보낸 마지막 1년과 은퇴한 후의 1년 동안 책을 썼다. 늦은 밤 감상에 젖어 마음대로 써내려간 일기와는 달리, 책을 쓰는 과정은 생각보다 더 험난했다. 스키에 대한 이야기를 쓰는 일은 비교적 쉬웠지만 함께 동고동락했던 이들과의 일을 표현하는 것이 무척 어려웠다. 대화할 때처럼 표정이나 몸짓 없이 오로지 활자로만 풀어내는 건 다른 차원의 일이기에, 행여 다른 선수나 지도자들에게 실례가 되지는 않을까, 운동선수에 대한 오해나 선입견을 심어주진 않을까, 글을 쓰면 쓸수록 조심스러워 몇 번이나 지우고 고쳐 썼다.

또 쓰는 내내 "내가 더 열심히 살았다면 더 좋은 책을 쓸 수 있었을까?" "더 건강한 사람이었다면 더 건강한 글을 쓸 수 있었을까?" 하는 걱정이 앞섰다. 글쓰기 근육이 한참 모자란 내가 한 글자 한 글자 써내려갈 때마다 그동안 국가대표라는 포장지에 싸여 있었던 나의 조그만 실체가 다 들통나는 느낌이었다. 그렇게 풀리지 않는 고민을 안은 채 마감 압박에 시달릴 때면 책을 출간하겠다고 마음먹었던 과거의 나를 원망하기도 하고, 미리 한 줄이라도 써놓지 않았던 게으름을 반성하기도 했다. 정말이지, 이렇게 힘든 일인 줄 알았더라면 시작조차 하지 못했을 것이다.

그렇게 내 이야기를 세상에 꺼내놓기가 부담스러워질 때마다 동아줄을 붙잡는 심정으로 서점을 찾았다. 서점에 가면 위안을 받을 수 있었다. 다른 작가님들의 책에서 꽉 막혀 있는 나의 글을 다시 마주할 힘도 얻고, 책을 구경하는 사람들을 보면서 그들에게 나의 이야기가 조금이나마 도움이 되었으면 하는 바람을 되새기며 끝내 포기하지 않을 수 있었다. 내 글을 읽을 독자님들을 생각하며, 두려움을 무릅쓰고 스키를 타왔던 것처럼 부끄러움을 무릅쓰고 용기를 냈다.

무엇보다도 감사한 점은 이 책을 통해 그동안 미처 돌보지 못했던 내 안의 어린아이를 보듬어줄 수 있었다는 점이다. 그것만으로도 큰 보상을 받은 것 같다. 책을 쓰는 동안 내가 무엇을 좋아하는지, 어떤 것을 할 때 가장 행복한지 많이 생각했고 그 과정에서 내가 스키를 얼마나 사랑하는지도 새삼스레 깨달았다. 물론 기록에 신경쓰느라 선수생활을 더 재밌게 하지 못했다는 아쉬움이 있지만 그만큼 스키를 잘하고 싶었던 내 마음을 이제는 너그러이 받아들이기로 했다. 무엇이든 다 잘하려는 욕심을 내려놓고 나 자신을 열심히 챙기기로 한 것이다. 그런 기회를 주신 출판사와 한없이 부족한 나의 글을 보완해주신 편집자님들, 책에 멋있는 옷을 입혀주고 함께 노력해준 판권면에 적힌 모든 분들께도 깊은 감사를 드린다.

앞으로 스키 선수의 삶을 좀더 자유롭게 이어나갈 생각이다. 문득 10년 전 첫 올림픽에 출전했을 때가 떠오른다. 그때 나와 한 약속을 지키지는 못했지만 그 모든 여정이 나에게 선물이었다고, 그런 선택을 한 나 자신에게 고맙다고 말해주고 싶다. 덕분에 나를 조금은 더 깊이 이해하고 있는 그대로를 사랑해줄 수 있게 되었으니.

이제 스키를 타며 순수한 기쁨과 행복을 느끼던 어린 시절의 나로 돌아가려 한다. 처음 스키를 신었던 그 순간으로.

에필로그

이제까지와는 다른 겨울을 앞둔 지금, 새하얀 눈밭에서 새로 다가올 내 인생의 기문들을 향해 출발한다. 때로는 넘어지고 때로는 아프겠지만 스키를 더 건강하게, 더 오래 타기 위해 부지런해지고 싶다. 내가 할 수 있는 최선을 다해 최대한으로 그 기문들을 즐겨보려 한다.

그동안 스키장에서 함께 애써준 동료들, 지도자분들, 치료사 선생님들, 그리고 항상 아낌없이 지원해주시는 부산광역시 체육회 스키 팀, 언제나 힘이 되어준 친구들과 가족들을 비롯해 지금의 나를 있게 해준 모든 분들에게 다시 한번 감사의 말을 전하고 싶다. 무엇보다도 여기까지 읽어주신 분들께 진심으로 감사 인사를 드린다.

처음 스키를 신었던 그 순간으로

나까지 나를 포기할 수는 없으니까
: 두려워도, 그냥, 용기!

ⓒ강영서 2024

초판 인쇄 2024년 2월 2일
초판 발행 2024년 2월 20일

지은이 강영서
책임편집 전민지 | **편집** 김정희 이희연 고아라
디자인 이혜진 | **저작권** 박지영 형소진 최은진 서연주 오서영
마케팅 정민호 서지화 한민아 이민경 안남영 왕지경 정경주 김수인 김혜원 김하연 김예진
브랜딩 함유지 함근아 고보미 박민재 김희숙 박다솔 조다현 정승민 배진성
제작 강신은 김동욱 이순호 | **제작처** 영신사

펴낸곳 (주)문학동네 | **펴낸이** 김소영
출판등록 1993년 10월 22일 제2003-000045호
주소 10881 경기도 파주시 회동길 210
전자우편 editor@munhak.com | **대표전화** 031) 955-8888 | **팩스** 031) 955-8855
문의전화 031) 955-3579(마케팅), 031) 955-8868(편집)
문학동네카페 http://cafe.naver.com/mhdn
인스타그램 @munhakdongne | **트위터** @munhakdongne
북클럽문학동네 http://bookclubmunhak.com

ISBN 978-89-546-9809-2 03810

www.munhak.com